Carl Friedlaender

Über Epithelwucherung und Krebs: pathologisch-anatomische Untersuchungen

Antigonos

Carl Friedlaender

Über Epithelwucherung und Krebs: pathologisch-anatomische Untersuchungen

Unveränderter Nachdruck der Originalausgabe von 1877.

1. Auflage 2024 | ISBN: 978-3-38635-147-8

Antigonos Verlag ist ein Imprint der Outlook Verlagsgesellschaft mbH.

Verlag: Outlook Verlag GmbH, Zeilweg 44, 60439 Frankfurt, Deutschland, info@outlook-verlag.de
Vertretungsberechtigt: E. Roepke, Zeilweg 44, 60439 Frankfurt, Deutschland
Druck: Libri Plureos GmbH, Friedensallee 273, 22763 Hamburg, Deutschland

ÜBER

EPITHELWUCHERUNG

UND

KREBS.

PATHOLOGISCH-ANATOMISCHE UNTERSUCHUNGEN

von

Dʳ CARL FRIEDLÆNDER,

PRIVATDOCENT UND ASSISTENT AM PATHOL. INSTITUT ZU STRASSBURG I/E.

Mit 2 lithographischen Tafeln.

STRASSBURG,

VERLAG VON KARL J. TRÜBNER.

1877.

Strassburg, Druck von G. Fischbach. — 2649.

INHALT.

Über

EPITHELWUCHERUNG

UND

KREBS.

Einleitung. Regeneration des Epithels.

Bei der Heilung von Substanzdefecten der äusseren Haut und der Schleimhäute spielt als ein sehr wesentlicher Factor *die epitheliale Ueberhäutung* mit. Man hat sich besonders in dem letzten Decennium viel mit diesem Vorgange beschäftigt und ist dann weiterhin sehr bald dahin gelangt, gerade in *der Neubildung der epithelialen Decke das wesentliche Element der Vernarbung* zu finden. Die neueren Darstellungen des Heilungsprocesses nach Geschwüren etc. gehen in der That fast allein von diesem Gesichtspunkte aus.

Diese theoretische Anschauung hat sogar zu wichtigen praktischen Ergebnissen geführt; denn einer der wichtigsten *therapeutischen* Fortschritte, die auf dem Gebiete der Heilung granulirender Flächen gemacht worden sind, die Reverdin'sche Hautüberpflanzung, ist zum Theil wohl auf Grund dieser Theorie zu Stande gekommen.

Trotzdem ist dieselbe nicht richtig. Schon vor längerer Zeit wurde auf das Vorkommen neugebildeten Epithels auf Ulcerationsflächen und in geschlossenen Abscessen aufmerksam gemacht.

1

(Ueber die Beziehungen zwischen Lupus, Scrophulose und Tuber-culose, Centralbl. f. d. med. Wiss. 1872.) Weiterhin ist dann in einem Aufsatze: Ueber den Lupus (Virch. Arch., Bd. 60, S. 19), das häufige Vorkommen hohen geschichteten Epithels, und zwar neugebildeten Epithels, auf lupösen Ulcerationen erwähnt worden.

An diese einfacheren Formen von Epithelneubildung auf Oberflächen sich anreihend, fanden sich dann sehr viel com-plicirtere Zustände von Epithelwucherungen in das Innere der Parenchyme hinein, z. Th. in recht überraschender Weise, eine vollkommene Nachahmung der Krebsstructur darstellend, ohne dass im Geringsten ein eigentlicher Krebs vorlag. Diese Befunde machte ich zum Gegenstande eines öffentlichen academischen Vortrages im März 1875, und da sich seitdem wesentlich neue Gesichtspunkte nicht mehr gefunden haben, so will ich nicht länger zögern, dieselben dem wissenschaftlichen Publicum vor-zulegen.

Vorausschicken will ich, dass uns die Frage nach den fei-neren Vorgängen bei der Regeneration der Epithelien hier nicht speciell beschäftigen soll. In dieser Hinsicht habe ich nur zu bemerken, dass ich der Ansicht derer beipflichte, welche die Epithelneubildung der Regel nach nur von präformirtem Epithel ausgehen lassen. Wenn ich mich auch überzeugt habe, dass in gewissen, übrigens recht seltenen, Fällen von Krebs eine Ent-wickelung der epithelartigen Krebselemente unabhängig von vor-gebildetem Epithel angenommen werden muss, so ändert dies Nichts an der Thatsache, dass, abgesehen von diesen Fällen, bei denen es sich nicht um Neubildung von wirklichem Epithel, sondern nur von epithelartigen Tumorzellen handelt, neues Epi-thel stets nur in directer Continuität mit vorgebildetem Epithel entsteht. Die interessanten Beobachtungen Arnold's (Virch. Arch., Bd. 47) von inselförmigem Auftreten von Epithel auf Granula-tionen, die einem blossgelegten Knochen (Schädeldach oder Gau-menplatte) entsprossen waren, lassen entschieden andre Erklärungen zu, als die Deutung, die Arnold selbst gegeben hat. Es beweisen diese Beobachtungen noch keineswegs eine selbstständige, von präformirtem Epithel unabhängige Epithelneubildung; wir wissen jetzt durch vielfache Erfahrungen (vgl. z. B. Schweninger, über Transplantation von Haaren, München 1875), dass eine geringe Menge selbst von ihrem Mutterboden vollständig getrennter Epithelzellen genügt, um auf geeignetem Boden den Ausgangspunct für eine mächtige Epithelneubildung zu geben. Dies kann nun sehr leicht auch in den Versuchen Arnold's der Fall gewesen sein.

Wir können demnach den Beweis für eine unabhängige Neubildung von Epithel auf einer andern als epithelialen Basis nicht für erbracht ansehen, und halten die Epithelneubildung für einen lediglich homologen Vorgang (in dem oben erwähnten histologischen Sinne). Es steht diese Anschauung im besten Einklange mit den bisher beobachteten Thatsachen — denn die erwähnten Fälle von primärer Krebsentwickelung ohne epithelialen Ausgangspunkt kommen für unsere Frage nicht direct in Betracht — sowie auch mit denjenigen, über die ich sofort zu berichten haben werde.

Was die Herkunft der einzelnen Zellen betrifft, so halte ich die directe Abstammung derselben von den alten Epithelzellen für das wahrscheinlichste.

Dass Epithelzellen unter besonderen Verhältnissen amöboide Bewegungen machen und Kerntheilungen zeigen, ist schon seit längerer Zeit bekannt; auch wirkliche Theilungs- und Sprossungsvorgänge sind von einer ganzen Reihe guter Autoren theils direct beobachtet, theils mit grösster Wahrscheinlichkeit erschlossen worden. (Vgl. die bekannten Arbeiten von Heiberg, Eberth und Woodsworth, F. A. Hofmann, Heller, Klebs, Zielonko u. A.) Mir selbst stehen derartige Beobachtungen besonders von den Epithelzellen der Lungenalveolen bei gewissen pneumonischen Zuständen (Desquamativ-Pneumonie, Buhl) zur Verfügung, welche ebenfalls ganz und gar unzweideutig die directe Vermehrung der Epithelien durch Theilung etc. darthun.

Dagegen können wir die Ansicht derer, welche eine heterologe Entstehung der Epithelzellen behaupten — sei es aus den zelligen Elementen des Bindegewebes, sei es aus lymphoiden Wanderzellen, die etwa aus den Blutgefässen herstammen sollten, — nicht als hinlänglich bewiesen anerkennen und halten insbesondere die bezüglichen Angaben v. Biesiadecki's nicht für zwingend.

I. Epitheliale Ueberhäutung auf granulirenden und ulcerirenden Flächen.

Wenn wir nun nach dieser Vorbemerkung auf unsern eigentlichen Gegenstand übergehen, so haben wir zunächst den Satz aufzustellen und zu begründen : *dass auf granulirenden und ulcerirenden Flächen sehr häufig epitheliale Ueberhäutung zu Stande kommt, ohne dass dabei irgend wie von Heiltendenz die Rede ist.*

A. Auf Granulationen.

Untersucht man den Rand einer in der Heilung begriffenen granulirenden Fläche, so findet man bekanntlich der Regel nach zweierlei Veränderung an den Granulationen : erstens verändert sich ihre *Substanz* in der Weise, dass sie dichter wird, dass eine immer grössere Zahl von spindelförmigen und platten Zellen in ihr auftreten, während die Rundzellen an Zahl abnehmen; dass Bindegewebsfibrillen in grösserer Menge vorkommen, dass der Gefässapparat aus seinem „embryonalen" Zustande allmählig in den definitiven sich umwandelt etc. Zweitens findet man auf der *Oberfläche* der so veränderten Granulationen eine vom Rande her sich vorschiebende Epithellage, die je weiter nach innen zu immer mehr an Höhe abnimmt, sich rasch verdünnt und endlich ganz aufhört. *Bei normaler rascher Heilung geht nun die Umwandlung des Granulationsgewebes in das junge Narbengewebe der epithelialen Ueberhäutung voraus,* so dass selbst der äusserste Rand des Epithels schon auf einer, dem persistenten Gewebe sehr ähnlichen Substanz aufsitzt.

Ist jedoch der Heilungsvorgang ein langsamerer, so ändert sich häufig das Verhältniss derart, dass die epitheliale Ueberhäu-

tung rascher vorwärts geht, als die Umwandlung des Granulationsgewebes in Narbensubstanz.

B. Auf einfachen Geschwürsflächen.

Betrachten wir, um gleich den extremen Fall zu nehmen, beispielsweise eines der gewöhnlichen Fussgeschwüre, welches lange
Zeit, vielleicht Jahre lang, in ungefähr derselben Weise bestanden hat. Da sind die Ränder gewöhnlich „callös", d. h. mit
reichlichem, hypertropischen Narbengewebe nebst viel elastischer
Substanz durchsetzt; ebenso findet sich dann auf dem Grunde des
Ulcus derbe, schwielige Substanz, die allmählig in die weiche Masse
des Granulationsgewebes übergeht, welches die ganze Oberfläche
des Geschwürs auskleidet. In gleicher Weise geht an den Ge-
schwürsrändern dieses Granulationsgewebe (in dem man ausser
den Capillaren fast nichts als dicht nebeneinander gedrängte kleine
Rundzellen findet, welche nach der Oberfläche hin feinkörnigen
Zerfall zeigen) allmählig in die derbe Substanz der umgebenden
Haut über. Hier aber finden wir, ganz im Gegensatz zu den Zuständen der normalen Wundheilung, bei der die epitheliale Ueberhäutung der Umwandlung des Granulationsgewebes nachhinkte,
*gewöhnlich den Epithelsaum mehr oder minder weit über das günz-
lich unveränderte, unreife Granulationsgewebe herüberreichend.* Schon
macroscopisch findet man häufig in diesen Fällen einen concentri-
schen grau-durchscheinenden Ring nach innen vom Geschwürs-
rande über die ulcerirende Fläche herübergelagert; dieser Ring
entspricht der epithelialen Ueberhäutung, indessen meist nur einem
Theile derselben, da sie sich, wie man microscopisch constatirt,
gewöhnlich noch weiter nach innen zu erstreckt. Diese Epithel-
bedeckung ist nun nicht etwa der Vorläufer der Heilung; sie *kann*
unter Umständen eine derartige günstige Bedeutung haben, meistens indessen ist sie für den Heilungsprocess vollkommen irrele-
vant und bleibt Monate, Jahre lang bestehen, ohne dass die Hei-

lung irgend welche Fortschritte machte, ohne dass das dicht darunter liegende Granulationsgewebe im Geringsten seinen Typus veränderte. Und dieses letzte Moment ist es jedenfalls, welches das Ausbleiben der Heilung verschuldet, *denn nicht die epitheliale Ueberhäutung, sondern die Beschaffenheit des Granulationsgewebes selbst bedingt den Heilungsvorgang;* eine ulcerirende Fläche kann sogar einen vollständigen Epithelüberzug haben, wie wir weiter unten zeigen werden, ohne dass im Geringsten eine Heiltendenz vorläge.

C. Auf lupösen Ulcerationen.

Mit grösster Klarheit findet man das zuletzt angedeutete Verhältniss an Lupusgeschwüren, bei denen, wie man aus tausendfältiger Erfahrung weiss, eine spontane Heilung nur in seltenen Ausnahmefällen beobachtet wird. Bei diesen erkennt man nun sehr häufig, dass der Ulcerationsgrund eine vollständig continuirliche Epithelschicht von beträchtlicher Dicke trägt. Die unterste Lage dieses Epithels, welches direct auf dem mit den bekannten Knötchen versehenen Granulationsgewebe aufsitzt, ist gewöhnlich cylindrisch, darauf folgen polygonale Riffzellen, die nach oben hin eine mehr abgeplattete Form annehmen und anscheinend in rascher Abstossung begriffen sind; zwischen den Epithelzellen finden sich relativ zahlreiche kleinere rundliche, oder strahlige Körper eingelagert — lymphoide Wanderzellen. Die Gränze zwischen dem Granulationsgewebe und dem Epithel ist nun eine nahezu gerade oder leicht wellige Linie; in andern Fällen indessen sieht man beträchtlich lange Epithelsprossen in die Tiefe ziehen, die sich dann sogar verästeln können, so dass schon ein ganz complicirtes Wechselverhältniss zwischen Epithel und Grundgewebe zu Stande kommt. (S. u.)

Da nun von etwaiger Heiltendenz hier gar keine Rede ist, so könnte man nur noch den Einwand machen, dass das auf der Ulceration vorfindliche Epithel nur der Ueberrest des früheren Epider-

·misüberzuges sei. In der That entsteht ja die lupöse Infiltration sehr gewöhnlich unterhalb des corpus papillare, in den tieferen Schichten der Cutis, und dringt erst nach und nach an die Oberfläche empor. Dies trifft indessen durchaus nicht für alle Fälle zu, zumal nicht für diejenigen, in denen die lupöse Ulceration nicht mehr in statu integro zur Untersuchung kam, sondern wo tiefgreifende Zerstörung der Oberfläche, Cauterisation oder Ausschabung vorausgegangen war. Auch in solchen Fällen fand ich oft genug den epithelialen Ueberzug, zum sicheren Zeichen, dass derselbe durch ächte Epithelwucherung, höchst wahrscheinlich vom Rande her, entstanden war. In diesen Fällen ist übrigens für die Betrachtung mit blossem Auge durchaus nichts von Benarbung zu constatiren; der Geschwürsboden ist weich, intensiv geröthet und sondert viel Flüssigkeit ab; das unter dem Epithel vorliegende Granulationsgewebe ist fast ganz allein aus kleinen Rundzellen gebildet, und enthält ausserdem die von mir beschriebenen; in den letzten Jahren vielfach bestätigten, mit Riesenzellen versehenen Knötchen (vgl. die Darstellungen von Lang, Pantlen, Volkmann, Thoma, Essig u. A.), die wir als Tuberkel auffassen müssen.

Wir haben hier den strictesten Beweis für das Vorkommen epithelialer Ueberhäutung auf Ulcerationsflächen, die durchaus nicht zur Heilung tendiren, auf einem Granulationsgewebe, welches dauernd in dem unfertigen, unreifen Zustande verharrt, ohne in persistentes Gewebe sich umzuwandeln.

D. In Fistelgängen.

Bei vielen andern Fällen von Ulcerationen ist Aehnliches zu beobachten, aber nicht mit gleicher, objectiver Sicherheit zu erweisen. Relativ gut gelingt dieser Nachweis noch an den *Hohlgeschwüren, an den Fisteln.* Bei vielen derselben findet man nämlich ebenfalls eine vollkommene Epithelialauskleidung; auch hier sitzt das Epithel direct auf dem dicht mit Rundzellen durchsetzten Granulationsgewebe, in welchem sich nicht die geringste Tendenz zur Bildung definitiven Narbengewebes zeigt. Die Fisteln führten in den Fällen, die ich untersuchte, gewöhnlich zu schweren Knochen- oder Gelenkaffectionen, welche einer Heilung nicht fähig erschienen, sondern die Indication für Absetzung des Gliedes wurden; unter Umständen konnte ich auch ausgeschabte Stücke des die Fisteln auskleidenden Granulationsgewebes untersuchen. Auch auf die in der Gelenkhöhle selbst liegenden Granulationsmassen sah ich das Epithel (in einem Falle von fungöser Tuberculose des Sprunggelenks) hinübergreifen, und zwar wurde hier nicht nur die Oberfläche der Granulationen von Epithel überzogen, sondern das Epithel drang in zarten verzweigten Sprossen auch in die Tiefe hinein; diese Sprossen waren drei bis vier Zellenreihen breit, und communicirten in der Substanz der Granulationen, so dass bereits *typische Epithelnetze* entstanden, ein Vorgang, den wir weiter unten noch vielfach antreffen werden [1].

E. Auf Krebsgeschwüren.

Von Interesse ist auch die epitheliale Ueberhäutung, die, sei es continuirlich, sei es inselförmig auf der Oberfläche von *Krebsgeschwüren* zuweilen gefunden wird. Ich habe dieselben bisher nur an den Plattenepithelkrebsen (Carc. keratodes nach Waldeyer) der äusseren Haut beobachtet, zweifle aber nicht daran, dass sie auch bei andern Arten von Krebs vorkommen mag. Man hat hier also epitheliale Ueberhäutung auf einer Ulceration, die nicht nur keine Tendenz zur Heilung hat, sondern die sogar in stetem Fortschreiten begriffen ist. *Jakobsohn* hat übrigens auf das Vorkommen von Epithel auf Krebsgeschwüren bereits aufmerksam gemacht.

---

[1] Vgl. die analoge Beobachtung von Thoma, Virch. Arch., Bd. 65., S. 333. Einfache in die Tiefe dringende Epithelzellenzapfen beschreibt u. A. auch Schueller, Virch. Arch., Bd. 55, bei der Ueberhäutung granulirender Flächen.

F. Auf scrophulösen Geschwüren.

Denselben Process habe ich dann auch an den *scrophulösen Geschwüren* zu beobachten Gelegenheit gehabt. Fast regelmässig findet man auf den Granulationen, die von scrophulösen Geschwüren entnommen wurden, einen continuirlichen, hohen Epithelüberzug. Diese Geschwüre sind bekanntlich durch die weite Unterminirung ihrer Ränder ausgezeichnet; untersucht man nun diese oft sehr stark verdünnten Hautränder, so findet man, dass die Epidermis der äusseren Oberfläche nicht etwa an der Perforationsstelle der Haut aufhört, sondern dieselbe schlägt sich um den Rand herum und setzt sich auch über die untere, mit Granulationsgewebe bekleidete Fläche desselben fort; ja sie geht sogar oft genug auch auf die Granulationen des Geschwürsbodens mit über (vgl. Fig. 3). Die eigentliche Hornschicht findet sich übrigens auf dem Granulationsepithel nicht vor. Diese Epithelüberkleidung der Granulationen kann nun hier wieder so stattfinden, dass die Epidermis an derjenigen Stelle, wo der Substanzdefect in der äusseren Haut eintritt, über das Granulationsgewebe herüberwuchert, wie wir uns das in den bisher betrachteten Fällen zu denken haben (abgesehen von der epithelialen Ueberhäutung von Krebsgeschwüren, bei denen die Quelle der Epithelwucherung auch in den Elementen der Krebszapfen gelegen sein kann).

G. Im Innern subcutaner Abscesse.

Indessen kommt gerade für das Granulationsepithel der scrophulösen Geschwüre noch ein anderes Moment in Betracht. Diese Geschwüre entstehen bekanntlich dadurch, dass zunächst innerhalb des subcutanen Gewebes in chronischer Weise eine geringe Menge von Eiter sich ansammelt; um diesen Eiter herum finden sich Granulationsmassen von den bekannten Eigenschaften [1] (vgl. Ueber locale Tuberculose, S. 3), welche allmählig die Haut emporheben, verdünnen und schliesslich perforiren. Ich konnte nun in einem Falle die Hautdecke eines solchen scrophulösen Abscesses, der noch nicht perforirt war, untersuchen; auch in diesem Falle, wo der Abscess noch vollständig geschlossen war, die Granulationen also nirgends *direct* mit Epidermis in Contact kamen, da eine Cutusschicht von mehreren Millimetern Dicke dazwischen lag, war bereits das schönste Granulationsepithel, also eine Auskleidung des Abscesses selbst mit hohem, geschichtetem Epithel, nachzuweisen.

Der Zusammenhang des Granulationsepithels mit der Epidermis war hier zwar kein directer, aber ein indirecter. Man konnte sofort constatiren, dass durch den Eiterungsprocess zwei Haarbälge von unten her eröffnet worden waren; der unterste Theil des Haares mit seinen Wurzelscheiden ragte frei in die Abscesshöhle hinein. In der nächsten Nachbarschaft dieser eröffneten Haarbälge und mit dem Epithel derselben in directer Contiguität, war das Granulationsepithel immer in besonderer Dicke vorhanden; man musste demnach annehmen, dass von diesen epithelialen Parthien aus die epitheliale Auskleidung der Abscesshöhle zu Stande gekommen war. (Vgl. Fig. 1 u. 2.) Ein ganz analoger Fall war der folgende: Nach einer Amputatio mammæ wurde durch die sehr sorgfältig angelegte Naht und einen Druckverband fast in der ganzen Ausdehnung der Wunde prima reunio erreicht; mehrere Finger breit unterhalb der Narbe entstand etwa vier Wochen nach der Operation ein subcutaner Abscess, nahezu in der Mammillarlinie gelegen; die Haut

---

[1] Die von mir l. c. gegebene Schilderung der scrophulösen Granulationen ist seitdem in allen thatsächlichen Punkten wesentlich nur bestätigt worden. Auch die Beschreibung, welche der neueste Autor über diesen Gegenstand (Rahl, Wiener medic. Jahrbücher 1876) gibt, stimmt damit fast vollständig überein. Dass der genannte Autor, dem übrigens die so wichtigen Verhältnisse des Granulationsepithels entgangen sind, meine Terminologie nicht acceptirt, muss ich bedauern; im Uebrigen sind seine thatsächlichen Befunde in den Hauptpunkten den meinigen vollkommen analog; die Differenz liegt allein in der Namengebung.

war etwa in der Ausdehnung einer halben Wallnuss hervorgetrie-
ben und leicht geröthet. Die Hautdecke des Abscesses wurde ex-
tirpirt; sie war an ihrer dem Abscess zugekehrten Fläche mit
Granulationen ausgekleidet und zeigte überall eine Dicke von
3-4 mmtr.; sie war nirgends perforirt; einige ectm. Eiter wurden
entleert. Auf den Granulationen fand sich nun fast continuirlich
ein hohes, vielschichtiges Plattenepithel. Auch hier constatirten
wir eine ganze Reihe von Haarbälgen, die von unten her eröffnet
waren, und zwar höchst wahrscheinlich durch den Eiterungsprocess selbst; jedenfalls hatten auch hier die Epithelzellen des
geöffneten Haarbalgs den Ausgangspunkt für die epitheliale
Ueberhäutung einer geschlossenen Abscesshöhle abgegeben.

Beziehung der epithelialen Ueberhäutung zur Heilung.

Wir lernen aus den angeführten Fällen (welche grösstentheils
in der chirurgischen Klinik zu Halle i. J. 1872 beobachtet wurden),
dass zum Zustandekommen der epithelialen Ueberhäutung eitern-
der oder ulcerirender Flächen lediglich die directe Berührung
mit sprossungsfähiger Epidermis oder den Appendiculargebilden
derselben gehört.

Die Eiterung resp. Ulceration der betreffenden Oberfläche
bleibt dabei trotzdem vollkommen bestehen; das Epithel wächst über
die Flächen herüber, ohne, soweit man sehen kann, eine Veränderung
des Processes selbst, etwa eine Heilung oder dgl. zu bedingen. Im
Gegentheil, es lässt sich für die Fisteln und für die scrophulösen Geschwüre mit ihren unterminirten Rändern sogar behaupten,
dass ihre Ausheilung durch das Granulationsepithel eher erschwert
würde; denn dasselbe muss ja im Stande sein, eine directe Verwach-
sung der gegenüberliegenden Granulationsflächen, wodurch dann
event. der Verschluss der Fistel oder der Unterminirung erfolgen
könnte, zu verhindern.

Die mit Granulationsepithel bekleideten eiternden Oberflächen verhalten sich ganz ähnlich wie gewisse Schleimhäute im Zustande des eitrigen Catarrh's. Auch hier haben wir Eiterabsonderung von Flächen, die mit geschichtetem Epithel bekleidet sind; und untersucht man z. B. die Schleimhaut des Pharynx bei chronischer Pharyngitis, so findet man die Substanz der Schleimhaut mit massenhaften Rundzellen durchsetzt und auch in andern Eigenschaften ganz und gar dem Granulationsgewebe ähnlich; dabei mit hoch geschichtetem Epithel bedeckt und zu gleicher Zeit event. grosse Mengen Eiter absondernd. Der Unterschied ist lediglich der, dass in dem einen Falle das Epithel präformirt auf einem Gewebe aufsitzt, welches nachträglich in ein dem Granulationsgewebe ähnliches sich umwandelt; während in dem andern Falle das Epithel nachträglich über Granulationsflächen herüberwuchert, welche ursprünglich ohne Epithel waren.

Bedeutung der Reverdin'schen Hauttransplantationen.

Die Thatsache, dass Epithel über eiternde Oberflächen herüberwuchert, ohne dass dadurch der Ulcerationsprocess in irgend einer wesentlichen Weise verändert wird, scheint nun im Widerspruch zu stehen mit den als so glänzend angegebenen Resultaten der Reverdin'schen Hauttransplantation. In der That haben manche Chirurgen nach dem Bekanntwerden dieser Methode geglaubt, dass es jetzt gar kein noch so ausgedehntes Geschwür geben könne, welches nicht mit Hilfe der Epidermispfropfungen zur Heilung kommen müsse. Man braucht ja nur die transplantirten Stückchen genügend zu vervielfältigen, um einen Defect von beliebiger Grösse vollständig mit Epidermis zu bedecken; denn man lernte bald, die transplantirten Stückchen auch auf ungünstigem Granulations- resp. Ulcerationsboden zur Anhaftung und zur Weiterentwickelung zu bringen. Und wer von der Anschauung ausging, dass epitheliale

Ueberhäutung das Wesentliche für die Narbenbildung nach Defecten sei, der musste damit die Frage nach der Therapie der Geschwüre im Wesentlichen für erledigt ansehen.

Indessen stellte sich für den vorurtheilsfreien Beobachter doch bald heraus, dass eine Reihe von Fällen, und zwar gerade die schwereren, für die Epitheltransplantationen häufig recht mangelhafte oder doch nur vorübergehende Resultate ergaben. In jüngster Zeit lautet das Urtheil der meisten Chirurgen über den practischen Werth der Reverdin'schen Methode schon sehr reservirt; indessen legte man sich diese ungünstigen Erfahrungen gewöhnlich so zurecht, dass man sagte, auf schlechten Granulationen hafte das Epithel nicht, oder ginge wenigstens bald verloren.

Von unserm Standpunkte aus werden wir diese Verhältnisse folgendermassen aufzufassen haben: Die auf irgend eine Weise zu Stande gebrachte epitheliale Ueberhäutung eines flachen Geschwürs kann die Heilung desselben in so weit befördern, als eine einigermassen schützende Decke über das Granulationsgewebe geliefert wird, unter welcher dann das letztere, falls es überhaupt die Möglichkeit dazu besitzt, event. in Narbengewebe sich umwandeln kann; die Epitheldecke wird also wie die unterste Lage eines sehr sorgfältig angelegten Verbandes wirken können. Auch wird die epitheliale Pfropfung in solchen Fällen, in denen die Beschaffenheit der Granulationen günstig ist, die Epithelwucherung vom Rande dagegen aus irgend welchen Gründen zögert, die Heilung zu beschleunigen im Stande sein; man wird weiterhin feststellen müssen, wie oft oder wie selten derartige Fälle vorkommen. Mehrfache Erfahrungen sprechen in der That für die Annahme, dass die Wucherungsfähigkeit des Epithels eine begrenzte ist; es kann also unter Umständen von Vortheil sein, frische Epithelkeime auf die granulirende Fläche zu bringen.

Dagegen wird überall da, wo die Granulationen keine Neigung zeigen, Narbengewebe zu bilden, die Epitheltransplantation vollständig erfolglos bleiben; in diesen Fällen wird vielmehr die Hauptindieation dahin geriehtet sein, bessere Granulationen hervorzubringen, durch medieamentöse Einflüsse von innen und aussen, durch Cauterisation, durch Aussehabung, ete.

Bei den meisten Hauttransplantationen hat man das Hauptaugenmerk auf das Verhalten des Epithels gelegt, und die mittransplantirten Cutisparthien als unwesentliche Beigabe angesehen. Es bleibt noeh festzustellen, in wie weit Transplantationen der *ganzen* Haut, bei denen besonders das eigentliche Cutisgewebe selbst berücksiehtigt wird, andere und bessere Resultate liefern mag; naeh der ursprünglichen Methode Reverdin's transplantirte man bekanntlich die ganze Haut, wieh aber, der epithelialen Theorie zu Liebe, bald von dieser Vorschrift ab und nahm nur noeh die alleroberste Lage derselben oder sogar das isolirte Epithel der Haarwurzel (Sehweninger). Vielleieht ist gerade die alte, ursprüngliche Methode, wie mehrfaehe Erfahrungen der jüngsten Zeit zeigen, therapeutiseh die günstigere.

Zur Theorie der epithelialen Ueberhäutung.

Kehren wir naeh dieser Absehweifung auf ein anderes Gebiet zu unserm Gegenstande zurüek, so haben wir noeh die theoretisehe Bedeutung der epithelialen Ueberhäutung uleerirender Fläehen kurz zu erörtern. Wir haben gesehen, dass Epithelwucherung über freie Oberfläehen hin stattfindet, unbekümmert um den Boden, um die Substanz, die an diesen Flächen zu Tage liegt; die Epithelwueherung ist also ein von dem Boden, auf dem sie zu Staude kommt, in weiten Grenzen unabhängiger Vorgang. Wir können weiter gehen, sie ist ein vollständig primärer Vorgang, der überall da gefunden werden kann, wo Epithel mit einer freien, nicht epithelial bekleideten Oberfläehe in Berührung kommt, ohne dass besondere Reizzustände vorzuliegen brauehen.

In ausgezeiehneter Weise wird dieses *selbstständige* Auftreten der Epithelwucherung illustrirt durch die Versuche, die Zielonko im hiesigen pathologischen Institut angestellt hat (Arch. f. microsc. Anatomie, 1874). Derselbe brachte die extirpirte Froschcornea in einen subcutanen Lymphsack ein; aus der Cornea bildete sich unter Hinzutritt einer Fibrinmembran eine geschlossene Blase. Das Cornealepithel entwickelte sich nun in wenigen Wochen zu einem vollständigen Epithelüberzuge der Blase. War das Epithel, wie unter den natürlichen Verhältnissen, auf der Convexität, also aussen, so wucherte dasselbe über die ganze äussere Oberfläche der Blase; war es dagegen durch künstliche Umstülpung der Cornea auf die concave Fläche gekommen, so wurde nach und nach die gesammte innere Fläche der Blase mit Epithel überzogen.

Analog sind auch die Bildungen epithelialer Iriscysten nach Einbringung von lebensfähigem Epithel in die vordere Kammer und auf die Iris (vgl. Dooremal, Arch. f. Ophthalmol., 1874, und Goldzieher, Arch. f. exper. Pathol., 1874) bei Menschen und Thieren. Besonders der letztere Autor hat in sehr überzeugender Weise gezeigt, wie die Iris um den fremden Körper herum wallartig sich erhebt und so lange wuchert, bis der Fremdkörper ganz und gar im Irisgewebe eingebettet ist. Er ist aber nicht dicht von Irisgewebe eingeschlossen, sondern liegt in einem Hohlraum, der durch Transsudation von Flüssigkeit sich vergrössert und so eine Cyste darstellt. Findet sich nun in dem eingebrachten Fremdkörper frisches Epithel, so wächst dasselbe um die Wand der Cyste herum und kleidet dieselbe nach einiger Zeit vollständig aus.

Wir sehen somit, dass das Epithel überall da, wo es an Oberflächen anstösst, die kein Epithel tragen, über diese Oberflächen herüberwuchern kann, gleichgültig, ob dieselben aus wucherndem, ulcerirendem, oder vernarbenden Granulationsgewebe, oder aber aus einfachem Fibrin bestehen[1].

---

[1] Diese Auffassung steht, wie man sofort bemerkt, in schneidendem Widerspruch zu den Aufstellungen Boll's. (Vgl. Boll, Princip des Wachsthums.)

II. Atypische, in die Tiefe dringende Epithelwucherung. Bildung von Epithelnetzen.

Nun bleibt aber die Epithelwucherung nicht dabei stehen, lediglich glatte Ueberzüge über Flächen zu liefern, sondern sie dringt in Form von Zapfen und Schläuchen — die sich eventuell verzweigen und durch gegenseitige Verbindungen zu Netzen zusammentreten — in die Tiefe, in die Substanz des darunter liegenden Gewebes, und zwar wesentlich des Granulationsgewebes hinein.

A. Bei Lupus.

Schon oben haben wir auf ein derartiges Verhalten bei dem Epithel von Lupusulcerationen und von Fistelgranulationen kurz aufmerksam gemacht, und für den Lupus sind solche Beobachtungen bereits früher gemacht worden. Z. B. Waldeyer (Virch. Arch., Bd. 55, S. 99) erwähnt, dass ihm bei Lupusknoten Stellen begegnet seien, „wo sehr unregelmässig geformte, verdächtig aussehende, grosse Auswüchse der Retezapfen weit in das lupöse Granulationsgewebe eingebettet waren; hie und da fehlten auch kleine Epithelinseln nicht."

Waldeyer schliesst daraus, dass möglicher Weise Uebergänge zwischen Lupus und Carcinom bestehen mögen, hält aber die Epithelwucherungen beim Lupus für accidentelle Bildungen. Derselben Ansicht ist Thoma (Virch. Arch., Bd. 65, S. 332); er sagt, dass sich die epithelialen Elemente der Haut fast in allen Fällen an dem lupösen Processe betheiligen, dass sie aber nur secundär, durch die Erkrankung ihres Nährbodens in Mitleidenschaft gerathen. In zwei Fällen beobachtete dieser Autor „Combination von

Lupus mit Epitheliom", nämlich im Lupusgewebe „verästigte und vielfach anastomosirende Zapfen und Sprossen, die zusammengesetzt sind aus Elementen vom Charakter der Zellen des Rete Malpighi und vielfach concentrisch geschichtete, verhornte Epidermiskugeln enthalten".

Ich fand nun, wie bereits angedeutet, von dem Oberflächenepithel der Lupusgeschwüre sehr häufig Sprossen in die Tiefe sich einsenken, die sich verästeln und unter Umständen mit einander communiciren, so dass epitheliale Netze zu Stande kommen können. Diese Sprossen bestehen z. Th. aus characteristischen, grossen Riffzellen, wie die Epitheldecke selbst, theils aber aus kleineren polygonalen Elementen mit sehr stark körnigem Protoplasma ohne Riffung. Es entstehen hieraus Bilder, die in der That ganz wie solche aus Epitheliomen resp. Krebsen aussehen; trotzdem liegt hier keine krebsige Bildung vor, wie der über viele Jahre verfolgte günstige Verlauf des Falles deutlich lehrt. Eine Combination des Lupus mit Krebs ist eine ziemliche Seltenheit, so sehr dass viele Beobachter jeden derartigen Fall einer besonderen Publication für werth halten; während diese Epithelnetze im lupösen Gewebe, besonders bei Fällen von hypertrophischem und elephantiastischem Lupus durchaus nicht selten zu finden sind, und zwar ohne dass der Verlauf dieser Fälle im Geringsten von dem bei Lupus gewöhnlichen abwiche. Gerade bei den Fällen, in denen das lupöse Granulationsgewebe in Form von prominenten Knoten und Platten über das Niveau der umgebenden Haut emporwuchert, oder in denen der Lupus zur Bildung elephantiastischer Verdickungen der Haut geführt hat, habe ich die Entwickelung von Epidermissprossen mehrfach beobachtet; auch die Talgdrüsen gerathen dabei zuweilen mit in Wucherung, und zwar theils in einfache Hyperplasie, theils sogar in atypische Sprossenbildung; an den Schweissdrüsen habe ich ebenfalls hyperplastische Zustände, übrigens nur einfacher Art, beobachtet. (Vgl. Rindfleisch, Gewebelehre, 1875, S. 283.)

Ganz exquisit aber sind die atypischen Epithelwucherungen, welche *Busch* (Verhandlungen des ersten deutschen Chirurgencongresses 1872, S. 120) bei Lupusfällen beschreibt. Es handelte sich um Fälle von elephantiastischem Lupus, meist an den Extremitäten von Individuen, die zugleich an typischem, uleerösem Knotenlupus des Gesichts litten; hier fanden sich nun regelmässig reichliche Epithelnetze in den tieferen Schichten der gewucherten, mit Granulationsgewebe durchsetzten Cutis, die häufig Hornperlen in sich einschlossen, *so dass jeder Unbefangene am microscopischen Präparate ein Cancroid vor sich zu sehen glaubte.* Trotzdem machte der langsame, über lange Jahre ausgedehnte, relativ günstige Verlauf der Affection im ganzen die Diagnose — Krebs — vollkommen unmöglich, und Busch bezeichnet dieselben jedenfalls mit Recht als Lupus und zwar als epitheliomartige Form desselben.

Ganz analog sind die zwei oben citirten Fälle von Thoma.

Ist nun die Epithelwucherung ein für den Lupus characteristischer, primärer Process? Rindfleisch (l. c.) hat diese Ansicht aufgestellt und festgehalten ; indessen können wir dieselbe nicht theilen. In den weitaus meisten Fällen von Lupus fehlt jede Epithelwucherung in die Tiefe hinein. Der „alveoläre Bau" des Lupusknoten ist jedenfalls auf ganz andere Bildungen zurückzuführen und hat für gewöhnlich keinerlei Beziehung zu Talgdrüsenwucherungen; wo dieselbe vorkommt, da hat sie unseres Erachtens nur eine secundäre Bedeutung. Wir werden weiterhin noch andere Reihen von Processen kennen lernen, bei denen ebenfalls in das Innere des Granulationsgewebes hinein Epithelwucherungen ganz ähnlicher Art vorkommen, die zweifellos als secundäre Bildungen aufgefasst werden müssen.

B. In Fistelgranulationen.

Bereits früher (S. 7) erwähnten wir eines Falles mit Epithelnetzen innerhalb der Substanz der Granulationen, die aus einem cariösen Fussgelenk herstammten. Es handelte sich um eine bei einem jugendlichen Individuum (21 J.) nach der resectio pedis zurückgebliebene Fistel; die Resection war etwa sechs Monate vorher vorgenommen worden, die Untersuchung der resecirten Stücke ergab Caries der Knochen und fungös-tuberculöse Granulationen an Stelle der Synovialis. Während die Resectionswunde im Allgemeinen zu guter Heilung kam, blieb eine Fistel zurück, die sich nicht schliessen wollte. Die Fistel wurde ausgeschabt, man entfernte ein cariöses Knochenstück von der Tibia und reichliche Granulationsmassen, die theilweise wiederum mit (Tuberkel-) Knötchen durchsetzt waren; nach kurzer Zeit kam dann vollständige Heilung zu Stande.

In den mit dem Knochenstück in Verbindung stehenden Granulationen fanden sich nun die erwähnten anastomosirenden Epithelsprossen, während die den Fistelgang auskleidenden Granulationen nur einen einfachen, glatten Epithelüberzug trugen. Das Epithel war also, dürfen wir annehmen, durch die Fistel hindurch bis in die Resectionshöhle hineingewuchert und trieb dann innerhalb des dort befindlichen Granulationsgewebes Sprossen in die Tiefe. Einen ähnlichen Fall beschreibt Thoma (l. c.).

Die klinischen Notizen, die ich beigegeben habe, mögen zum Nachweise dafür dienen, dass es sich um einen einfachen Fall chronischer Gelenkentzündung, nicht etwa um Krebs handelte.

C. In der Haut bei Lepra.

Analoge atypische Epithelwucherungen habe ich auch in einem Falle von *Lepra*, den ich im März 1874 zu seciren Gelegenheit hatte, in ganz ausgezeichneter Weise nachweisen können.

Eine 35jährige Frau, in deren Familie hereditäre Disposition für Lepra vorliegt, litt seit ihrer frühen Kindheit an leprösen Zuständen, die an der linken Hand beginnend, später auf verschiedene andere Stellen der Extremitäten übergingen. Am meisten verändert war zur Zeit der Section die Haut beider Unterschenkel und Füsse; dieselbe war stark œdematös, theils glatt, theils von äusserst unebener Oberfläche, mit verschieden grossen, bis haselnussgrossen, mässig derben Höckern besetzt. Ausserdem zeigten sich ausgedehnte Defecte, über die ganze Peripherie der Glieder verbreitet; ulceröse Substanzverluste, die nahezu bis auf die Fascie reichten und einen schlecht aussehenden, fetzigen Grund darboten. Die Zehen zeigten rechts unbedeutendere Verstümmelungen, dagegen war links von ihnen nur noch der Hallux; und auch dieser nur mangelhaft vorhanden; die übrigen Zehen fehlten ganz; der vordere Fussrand mit lose anhaftenden Borken bedeckt. Am unteren Theile der Unterschenkel und am Fuss ist die Haut erheblich verdickt, von mässig derber Consistenz, nur an einigen Stellen erweicht; ihre Substanz ist nur wenig blutreich, im Allgemeinen grau gefärbt, oft von derben, sehnigweissen Bindegewebszügen durchsetzt. Am rechten Knie war lateralwärts ebenfalls eine fast handtellergrosse Ulcerationsfläche, welche bis auf den cariös blosliegenden Condylus externus in die Tiefe reichte; im Gelenk eine dünne, eitrige Flüssigkeit, um das Gelenk herum nur unbedeutende Infiltration. Auch an der linken Schulter ein ähnlicher, auf rauhen Knochen führender Defect.

Als directe Todesursache ergab sich eine Phthisis beider Lungen mit ausgedehnten Cavernen.

Die Nervenstämme der leprös afficirten Unterschenkel waren intact, die Leistendrüsen nicht vergrössert, nur in der Kniekehle einige mässig geschwollene Lymphdrüsen.

Die Diagnose Lepra konnte nach dem klinischen Bilde nicht zweifelhaft sein und wurde auch durch die histologische Untersuchung der erkrankten Hauptparthien verificirt. Die Verdickungen der Haut waren erzeugt durch ein zellenreiches, weiches Granulationsgewebe, welches mässig reichlich vascularisirt war, und in welchem zerstreute Heerde von 1/2 mm. Durchmesser an bis 2 mm. eingelagert waren. In diesen Heerden fanden sich die Zellen des Granulationsgewebes dichter zusammengedrängt, so dass die faserige Zwischensubstanz fast ganz zurücktrat; dieselben enthielten oft mehrere Kerne; auch die Vascularisation dieser allmählig in das übrige Gewebe übergehenden Heerde war eine besonders reichliche. Man darf wohl annehmen, dass von diesen Heerden aus vorzugsweise das Wachsthum, die Neubildung des Granulationsgewebes vor sich geht.

In den tieferen Schichten der zum Theil enorm verdickten Haut (bis 1,5 cmtr.) wird das Gewebe derber und nimmt endlich einen schwieligen, sehnigen Charakter an.

Was nun die epithelialen Elemente der Haut betrifft, so waren Haare und Talgdrüsen nirgends mehr in dem Bereiche der leprös afficirten Parthien vorhanden; Schweissdrüsen dagegen fanden sich reichlich vor, und zwar bedeutend vergrössert. Es waren nämlich die Knäuel derselben gewöhnlich nicht so eng zusammengerollt, wie unter normalen Verhältnissen, sondern die einzelnen Windungen durch ein reich mit Rundzellen versehenes Gewebe mehr oder weniger auseinander gedrängt; ausserdem die Schläuche selbst von nahezu verdoppelter Breite, mit überall deutlichem Lumen; zuweilen evident ectasirt, mit colloidem, glänzendem Material cystenartig ausgedehnt.

An den Ausführungsgängen der Schweissdrüssen nun, und zwar besonders an ihrem mittleren und oberen Drittel fanden sich sehr auffallende Veränderungen; dieselben verliefen zwar, wie in der Norm, gestreckt oder leicht gewunden, hatten im Allgemeinen cylindrische Form und meist ein deutliches Lumen; — *indessen, anstatt einfach an die Oberfläche zu ziehen, gaben sie auf dem Wege Aeste ab,* unter verschiedenen Winkeln, rechtwinkelig oder schief nach oben oder nach unten; diese Aeste spalten sich ihrerseits wieder, die so gebildeten Epithelsprossen treten miteinander in Verbindung und bilden auf diese Weise ein epitheliales Netzwerk von äusserst unregelmässiger Form (Fig. 4). An den Knotenpuncten, da wo drei oder vier derartiger epithelialer Gänge zusammenstossen, kommen oft Verbreiterungen zu Stande; die Gänge selbst zeigen eine deutliche, allerdings sehr zarte Membrana propria, häufig auch ein centrales Lumen, in welchem oft eine leicht glänzende, hyaline Substanz gefunden wird; die Zellen sind klein, etwa cubisch und in allen Stücken den normalen Epithelien der Schweissdrüsenausführungsgänge gleich.

Die Breite der Gänge ist wechselnd; in ihrem theils gestreckten, theils geschwungenen Verlauf zeigen sie häufig plötzliche Verdickungen und Einschnürungen (vgl. Fig. 4 unten rechts); sie bestehen sogar zuweilen streckenweise nur aus einer einzigen Zellenreihe; während sie an andern Stellen vier bis sechs Zellenreihen breit werden. Im Ganzen sind sie meist schmäler als die Schweissdrüsencanäle selbst, die übrigens auch ihrerseits Schwankungen im Durchmesser zeigen. Die Gänge treten häufig an die oben erwähnten Zellenhaufen heran (Fig. 4, an verschiedenen Stellen), durchsetzen dieselben oder scheinen auch in denselben blind zu enden (auch an anderen Stellen kommen derartige nicht ganz unzweideutige Bilder von blinden Enden oft genug zur Anschauung), ohne aber irgend wie mit diesen Haufen in nähere Beziehung zu treten.

Was nun die Epidermis selbst betrifft, so gehen auch von ihr mannigfache Wucherungen aus. Von den interpapillären Epitheleinsenkungen des Rete Malpighi gehen Sprossen in die Tiefe hinein, z. Th. schmale, den vorher beschriebenen Gängen ähnlich, theils auch breite Epithelmassen, aus typischen Riffzellen bestehend, oft viel breiter noch, als die in Fig. 4 links oben gezeichneten. Auch diese schmäleren oder breiteren Epithelsprossen theilen sich vielfach, die Zweige treten netzförmig miteinander in Verbindung und gehen weiterhin directe Verbindungen ein mit dem oben beschriebenen System von Netzen und Sprossen, das mit den Schweissdrüsenausführungsgängen in Verbindung steht.

Dieses netzförmig-anastomosirende System von Gängen erinnert natürlich sofort an präformirte Bahnen und zwar an Lymphbahnen. An Blutgefässe kann nicht gedacht werden, schon wegen der ganzen Vertheilung, und dann weil man überall die Blutgefässe in vollständig intacter Structur neben den Epithelgängen verlaufen sieht. Dagegen ist es in der That nicht unmöglich, dass die uns beschäftigenden Gänge, mindestens zum Theil, mit Epithel erfüllte Lymphgefässe darstellen, die mit den Ausführungsgängen der Schweissdrüsen und den Epitheleinsenkungen des Rete Malpighi in Communication stehen. In der Umgebung von manchen Krebsen findet man eine ganz ähnliche Structur gar nicht selten, und deutet dieselbe als mit Krebszellen gefüllte Lymphgefässnetze. Von Lymphgefässen ist übrigens sonst, wie bemerkt werden muss, etwas Sicheres nicht constatirt worden.

Mögen wir dies nun annehmen oder nicht, mag das Epithel in präformirten Strassen gelegen sein oder in beliebig innerhalb des weichen Gewebes gebildeten Hohlräumen, — jedenfalls bleiben uns, wenn wir nach der Entstehung dieser Bildung fragen, wesentlich zwei Möglichkeiten: *entweder* ist das Epithel im Granulationsgewebe primär entstanden (aus Lymphgefässendothel, aus Bindegewebs- oder Granulationszellen, aus weissen Blutkörperchen, durch freie Zellbildung oder sonst wie immer), und ist erst nachträglich mit dem präformirten Epithel des Rete und der Schweissdrüsen- ausführungsgänge in Verbindung getreten ; *oder* dieses präformirte Epithel ist in Wucherung gerathen und in Form der verzweigten anastomosirenden Gänge in das Granulationsgewebe hereinge- wachsen, event. ist in die Lymphwege eingebrochen und in diesen fortgewachsen.

Wir zweifeln nicht, uns sofort für letzteres auszusprechen, und zwar aus zwei Gründen. Erstens liegen bis jetzt noch keinerlei Analogien für eine derartige — heterologe Bildung von Epithel im Granulationsgewebe vor. Die wenigen Fälle von primärer Carcinose ohne Betheiligung von präformirtem Epithel, die wirklich sicher gestellt sind, berechtigen uns durchaus nicht dazu, in Fällen, bei denen die directe Verbindung des neugebildeten mit dem präfor- mirten Epithel deutlich vorhanden ist, eine unabhängige, hetero- loge Bildung des ersteren zu präsumiren, da die tägliche Erfahrung, ebenso wie die verfeinertsten Untersuchungsmethoden in der über- wiegenden Mehrzahl der Fälle nachweist, dass Epithel mindestens der Regel nach aus Epithel entsteht. Zweitens können wir in unserm Object den directen Nachweis führen, dass da, wo die Epithelbil- dungen im ersten Beginn sich zeigen, dieselben stets als directe

Fortsetzungen des präformirten Epithels auftreten, niemals frei für sich im Granulationsgewebe liegen.

Untersucht man nämlich Stellen, an denen die lepröse Affection nur schwach ausgebildet ist, so kann man unter Umständen die Epithelgänge ganz vermissen; schreitet man mit den Schnitten gegen die hochgradiger erkrankten Parthien zu vor, so findet man ganz regelmässig als erste Andeutung der Epithelgänge Sprossen, die von den interpapillären Epitheleinsenkungen des Rete Malpighi in die Tiefe dringen, zuerst einfach, dann sich gabelnd.

Aehnliche Sprossen sieht man seitlich von den Schweissdrüsenausführungsgängen abgehen an Schnitten, an denen noch keine Spur von netzartigen Bildungen zu sehen ist. Die Netzbildung ist entschieden das Letzte; man sieht niemals an einem Schnitt Netze, an dem man nicht gleichzeitig Sprossenbildung vom präformirten Epithel aus (oder, um ganz descriptiv zu bleiben, Verbindung der netzförmig neugebildeten mit den präformirten Epithelien) nachweisen kann, dagegen häufig genug einfache, cylindrische Epithelauswüchse, ohne dass zu gleicher Zeit schon mit Epithel gefüllte Netze vorhanden sind.

Wir haben demnach keinerlei Anhaltspunete für die Begründung der Ansicht erhalten, nach welcher die Epithelgänge und -Netze primär im Bindegewebe entstehen und erst nachträglich mit dem präformirten Epithel in Verbindung treten sollten. Im Gegentheil spricht alles dafür, dass wir es auch hier mit einer directen, vom präformirten Epithel ausgehenden Epithelwucherung zu thun haben.

Dass Epithelbildungen auch in Form von netzartig verbundenen Gängen zu Stande kommen können, ist nun nicht etwa ein Vorgang der in der normalen Entwickelungsgeschichte der Gewebe ohne Analogieen dastände. Wir haben sogar *permanente* netzförmige Anordnungen von Drüsencanälen; ich erinnere an das Rete testis, an die äusserst zierlichen Netze, die von den gröberen, mit Cylinderepithel bekleideten Gallengängen gebildet werden. In der

Entwickelungsgeschichte finden wir diese Anordnung häufiger; die embryonale Anlage des Eierstocks zeigt netzförmig mit einander zusammenhängende Epithelschläuche (Waldeyer). In ganz typischer Weise sehen wir dann auch diese netzartige Configuration an den wuchernden Uterindrüsen in der Decidua während der ersten Monate der Gravidität.

Wir wollen uns mit Anführung dieser wenigen Beispiele, die sich besonders aus der vergleichenden Anatomie beliebig vermehren liessen, begnügen; in der That hat gerade die zuletzt erwähnte deciduale Wucherung der Uterinschleimhaut grosse Aehnlichkeit mit den uns vorliegenden Bildern der leprösen Hautaffection. In beiden Fällen finden wir eine Wucherung der bindegewebigen Grundlage der betreffenden Membran; es entsteht daraus ein junges, zellenreiches Gewebe; aber auch die epithelialen Parthien nehmen an der Wucherung Theil; das Oberflächenepithel und die drüsigen Einstülpungen desselben, die für gewöhnlich einfache Schläuche darstellen, treiben reichliche Sprossen, die seitlich oder in die Tiefe ziehen, sich verästeln und schliesslich netzförmig communiciren. Von analogen Formen pathologischer Epithelwucherung werden wir noch weiterhin zu reden haben.

Wenn die gewöhnliche Form der Entwickelung von Drüsen oder sonstigen epithelialen Anhangsgebilden so zu Stande kommt, dass ein Epithelspross oder -Zapfen vom Oberflächenepithel aus in die bindegewebige Substanz hineinwächst, sich dort dendritisch theilt oder noch complicirtere Bildungen erzeugt, wie beispielsweise die Anlage des Zahnschmelzes, so ist es auch durchaus nicht wunderbar, dass unter bestimmten Umständen diese verzweigten, wuchernden Epithelsprossen netzförmige Verbindungen mit einander eingehen. Wir können demnach auch für unsern Fall von epithelialen Sprossen- und Netzbildung in der leprös gewucherten Haut mit Fug und Recht eine einfache, etwa der Drüsenwucherung bei der Deciduabildung entsprechende, Epithelwucherung annehmen, und haben dabei nicht einmal nöthig, ein Hereinbrechen

der epithelialen Massen in die Lymphbahnen hinein und weiteres
Fortwuchern in den letzteren zu supponiren. Die Bahnen, in denen
Epithelsprossen sich vorschieben, brauchen durchaus nicht präformirte Wege zu sein, wie wir bei jeder embryonalen Drüsen-
entwickelung, bei der Bildung des Schmelzorganes etc. ganz klar
vor Augen sehen; natürlich ist damit nicht ausgeschlossen, dass
unter Umständen eine Entwickelung von Epithelzellensträngen
in der That im Inneren präformirter Bahnen, speciell der Lymphbahnen, vorkommt. Bei vielen Fällen von Krebs ist das entschieden der Fall ; allbekannt sind die Füllungen der feinsten sowie
auch der gröberen Lymphgefässnetze, z. B. der Pleura, des Zwerch-
fells, etc., mit krebsigen Massen. Auch für unsern Fall haben wir
bereits oben die Möglichkeit offen gelassen, dass die mit Epithel
gefüllten netzförmigen Gänge, wenigstens zum Theil, Lymphgefässnetze darstellen mögen. Indessen ist dies eben nur eine Möglichkeit; wir wissen wenig oder nichts über das Vorkommen und
die Form der Lymphgefässe in der leprösen Hautwucherung, und
wir haben nirgends gröbere, unzweifelhaft als Lymphgefässe cha-
raeterisirte Gänge mit Epithel erfüllt, oder auch nur im Zusammenhang mit Epithelgängen vorgefunden; auch die Lymphdrüsen
zeigten lediglich einfache hyperplastische Zustände geringen
Grades.

Jedenfalls also können und müssen wir uns die *Entstehung*
der epithelialen Wucherungen in unserm Falle als wesentlich unabhängig vom Lymphgefässsystem vorstellen und müssen die Ansicht von einer primären Epithelbildung im Innern der Lymphbahnen für unsern Fall *a fortiori* zurückweisen·

D. Bei Elephantiasis.

Ich habe diese Verhältnisse so ausführlich discutirt, weil sie
in fast genau identischer Weise bei einem Falle von Elephantiasis
papillaris wiederkehren, der sich in der Sammlung unsres Insti-

tutes befindet und der vor kurzem von Dr. N. Stroganow aus St. Petersburg unter dem Titel: „Ueber die Complication von Elephantiasis arabum mit Krebs", beschrieben worden ist. (Virch. Arch., Bd. 65, S. 47.)

Es handelte sich um einen amputirten Unterschenkel, dessen Haut die ausgesprochenen Veränderungen zeigte, die der warzigen und höckrigen Form der Elephantiasis zukommen. Die Haut war stark verdickt, von äusserst unebener Oberfläche mit kleinen und grossen, dicht neben einander stehenden Höckern bedeckt. Je nach der derberen oder weicheren Consistenz fand sich eine mehr dem Narbengewebe oder mehr dem Granulationsgewebe gleichende Substanz; in diese Substanz eingelagert fanden sich dann weiterhin *netzförmig anastomosirende Epithelstränge*, die mit dem Rete sowie mit den Ausführungsgängen der Schweissdrüsen in Verbindung stehen, deren Anordnung, wie gesagt, fast vollständig identisch mit der in dem Falle von Lepra beschriebenen ist. Die sehr getreuen Abbildungen, welche Stroganow giebt, passen ganz genau auch auf den Fall von Lepra; ich darf auf diese verweisen und habe mich desshalb für diesen auf die beigegebenen zwei kleinen Zeichnungen beschränken dürfen, in denen besonders die Verbindung der Epithelzellenstränge mit dem präformirten Epithel klar vor Augen tritt, welche Verbindung in Stroganow's Zeichnungen (ausser seiner Fig. 4) wohl nicht deutlich genug wiedergegeben ist. Ich habe den von Stroganow beschriebenen Fall nachträglich ebenfalls untersucht, und kann seine Darstellung als vollkommen zutreffend bestätigen; ich weiche nur darin von ihm ab, dass ich nicht im Stande bin, die Zellenhaufen (vgl. seine Fig. 5 u. 6) als epitheliale anzuerkennen. Es sind vielmehr Haufen indifferenter, durchaus nicht characteristischer Rundzellen, ganz analog der von der Lepra geschilderten, knötchenförmigen Anhäufungen von Granulationszellen (vgl. Fig. 4), welche oft in der unmittelbaren Nähe der Epithelgänge liegen, ohne dass indessen eine directe Verbindung mit jenen nachzuweisen wäre. Auch die Abbildungen

Stroganow's sind nicht ausreichend, um diese direete Verbindung der Zellenanhäufungen mit den Epithelialsträngen und die epitheliale Natur der ersteren zu erhärten.

Während ich also, abgesehen von dieser Abweichung, die Beobachtungen Stroganow's lediglich bestätigen und durch die identischen Befunde bei Lepra weiter illustriren kann, so bin ich dagegen weit entfernt davon, auch seine Schlussfolgerungen zu acceptiren. Stroganow sagt nämlich zunächst: „Das Aussehen der beschriebenen Stränge, ihre Ausbuchtungen und reichlichen Anastosmosen, ihr erwähntes Verhalten zum Bindegewebe und zu den Blutgefässen, geben uns die *Gewissheit*, dass wir es mit veränderten Lymphbahnen zu thun haben." Schon das können wir nicht zugeben; man darf anstatt: Gewissheit, höchstens sagen: „eine gewisse Wahrscheinlichkeit"; und noch dazu eine nicht allzugrosse Wahrscheinlichkeit, weil ja nicht einmal der Nachweis der Verbindung mit zweifellosen Lymphbahnen geführt werden kann. Wir haben ausser der netzförmigen Anordnung kein einziges Moment, welches dafür spräche, dass wir es in den Strängen „mit veränderten Lymphbahnen zu thun haben"; und dieses allein genügt doch nicht, um aus einer Möglichkeit eine Gewissheit zu machen. Stroganow geht aber sofort weiter: „Da an den Strängen nur Epithel, nichts von Endothelzellen, wie sie den Lymphgefässen zukommen, wahrzunehmen war, so folgern wir weiter, dass das Lymphgefässendothel in wahres Epithel umgewandelt worden war".

Diese Behauptung müssen wir für ganz unbegründet erklären: wenn wir ein Ding a an der Stelle vorfinden, wo früher das Ding b gelegen hat, oder gelegen haben könnte, so dürfen wir doch nicht gleich schliessen, dass a aus b geworden ist, dass b in a sich umgewandelt hat. Es wäre dies natürlich ein logischer Fehler, denn das Ding a kann verschiedenerlei andern Ursprung haben, es kann z. B. von aussen an seinen Standort gelangt sein.

Man hat zwar in den ersten Zeiten, in der Sturm- und Drangperiode der pathologischen Histologie häufig derartige gewagte

Schlussfolgerungen, und zuweilen sogar mit Glück, gezogen; in den meisten Fällen dagegen zeigte sich bald genug, wie mangelhaft und unsolide die Prämissen waren; die sogenannten Thatsachen fielen eine nach der andern, und man musste sich entschliessen, auf einer ganz neuen Grundlage zu bauen. Jedenfalls ist es jetzt, nachdem die grosse Mannigfaltigkeit und Complication in der Entstehung der Gewebe bekannt geworden ist, nicht mehr an der Zeit, Hypothesen, die mehr oder minder in der Luft schweben, zur Basis pathologischer Deductionen zu benützen.

Was den speciellen Fall betrifft, so scheint es mir durchaus unberechtigt, aus dem Vorkommen von Epithelzellen in netzförmigen Zügen sofort die Entstehung der ersteren aus Lymphgefässenendothelien zu schliessen. Auch wenn wir einmal zugeben wollen, dass die netzförmigen Gänge in der That Lymphgefässe darstellen, so kann das Epithel natürlich sehr leicht vom präformirten Epithel her in die Lymphbahnen hinein gelangt sein; die Annahme, dass aus dem Lymphgefässendothel Epithel geworden sei, ist auch dann noch durchaus nicht nothwendig. Und man wird sich wohl nur in dem Falle dazu verstehen dürfen, diese Hypothese aufzustellen, wenn jede andere Erklärungsmöglichkeit ausgeschlossen zu sein scheint; wie dies in den Fällen vorlag, in denen Recklinghausen, Köster u. A. ein primäres Entstehen von epithelartigen (Krebs-) Zellen im Innern der Lymphgefässe annahmen.

Hier dagegen, wo die directe Verbindung der neugebildeten Epithelstränge mit präformirtem Epithel sofort vor Augen tritt, scheint es mir durchaus nicht gestattet zu sein, lediglich wegen der netzförmigen Anordnung der Stränge, ohne sonstige dringende Momente den heterologen Vorgang zu präsumiren, während aus den Daten der normalen Histogenese eine ganze Zahl von Beispielen für die *homologe* Entwickelung von ganz analogen Formen, d. h. von netzförmig anastomosirenden Epithelsträngen, bekannt sind (Drüsen der Decidua etc.). Noch dazu gelingt es wie erwähnt, an den Stellen der präsumtiv jüngsten Entwickelung den Nachweis dafür zu liefern, dass *primär* die Sprossen am präformirten Epithel, *secundär* erst durch mannigfache Verästelung dieser Sprossen die Netze zu Stande kommen.

Schliesslich kommt nun Stroganow zu dem Resultat, dass es sich *um einen krebsigen Process handelt;* es liege nicht nur eine heterologe, sondern auch eine atypische Neubildung von Epithel vor; „die beschriebenen Veränderungen entsprechen den von allen Autoren neuerer Zeit hingestellten histologischen Merkmalen des Krebses in seinen Anfangsstadien."

Und in der That, wir müssen anerkennen, die Neubildung des Epithels ist heterolog, zwar nicht im genetischen Sinne, so doch im morphologischen; denn das Epithel liegt an Orten, an denen es *de norma* nicht vorkommt, in netzförmigen Gängen innerhalb der Cutis; sie ist ferner auch atypisch. Wir haben somit wirklich alle histologischen Criterien eines jungen Krebsgewächses; eine Krebsentwickelung in der Cutis kann sich unter Umständen vollständig analog präsentiren.

Verhältniss der atypischen Epithelwucherung zum Krebs. Grenzen der histologischen Diagnostik.

Aber kommt diese atypische Epithelneubildung, welche in der That das einzige allgemein gültige histologische Criterium des Krebses darstellt, einzig und allein dem Krebs zu, reicht sie aus, um aus ihr allein die Diagnose Krebs zu stellen?

Wir behaupten: nein, und dieser Theil unsres Aufsatzes ist dazu bestimmt, diese Behauptung zu beweisen und zu illustriren.

Bleiben wir zunächst bei dem Falle Stroganow's. Ein Krebs von der Ausdehnung von etwa einem Quadratfuss Oberfläche, dabei mehr als centimetertief in die Substanz hereinreichend, ohne wesentliche Degenerationsprocesse, ohne Ulceration etc., ist schon eine recht fragwürdige Bildung. Wir werden jedenfalls an der Berechtigung, kraft deren dieselbe den Namen Krebs führt, gerechte Zweifel erheben müssen; diese Zweifel werden um so mehr bestärkt werden, wenn wir uns sagen, dass mit genau demselben Rechte auch der Fall von Lepra als Krebs bezeichnet werden müsste. Von dem Falle Stroganow's liegen mir klinische Notizen leider nicht vor; der Fall von Lepra ist aber in der hiesigen chirurgischen Klinik genau beobachtet worden, wobei constatirt wurde, dass die Hautaffection im Laufe von Decennien sich entwickelte und einen so überaus chronischen Verlauf nahm, dass hier von einem krebsigen Zustande gar keine Rede sein konnte.

Ferner sehen wir ja ganz dieselben krebsähnlichen atypischen Epithelneubildungen beim Lupus. Als besonders characteristisch ziehe ich die Fälle von Busch an, die dieser Autor als Complication von Epitheliom mit Lupus bezeichnet. Auch hier kann nach dem ganz langwierigen, eventuell zu relativer Heilung führenden Verlauf von der Diagnose Krebs gar keine Rede sein; der Ausdruck *Epitheliom* ist in der That ganz zutreffend, natürlich nur so lange, als man unter diesem Worte nicht *Epithelkrebs* versteht. *Epitheliom ist ein rein anatomischer Begriff und bedeutet einen Tumor, der im Wesentlichen aus epithelialer Substanz besteht;* wir unterscheiden mit Waldeyer die superficiellen Epitheliome, die nach dem Typus der Deckepithelien gebaut sind, und die tief liegenden, parenchymatösen Formen. Von diesen Letzteren zählt Waldeyer ausser den Trichomen, Kystomen und Strumen, die uns hier nicht tangiren, noch das Adenom und das Carcinom auf; das erstere folgt dem bestimmten Drüsentypus, das letztere stellt schrankenlose Epithelneubildungen in atypischer Form dar.

In der That verlangen wir, wenn wir die Diagnose Krebs stellen, dass Zellen nach Art der ächten Epithelien dicht neben einander und in Strängen resp. in alveolären Hohlräumen angeordnet seien.

Jeder Krebs ist demnach eine atypische Epithelbildung; ist nun aber jede atypische Epithelneubildung auch Krebs? Nach dem Schema

Waldeyer's müsste man dies fast annehmen, denn in diesem ist für unschädliche, gutartige und doch atypische Epithelneubildungen kein Platz vorhanden.

Trotzdem müssen wir diese Frage mit Bestimmtheit verneinen; es giebt, wie wir gesehen haben, atypische Epithelneubildungen, welche anatomisch alle Charaktere eines jungen Krebses an sich tragen, und die doch auf keine Weise als Krebse aufgefasst werden dürfen.

„*Krebs*" bedeutet von Alters her bis auf den heutigen Tag einen *bösartigen* Tumor, eine Neubildung von local fressendem Charakter, welcher dann noch eine allgemeine Infectiosität zukommt. Ursprünglich nannte man alle diese malignen Neubildungen promiscue Krebse; man hat dann durch die anatomischen Untersuchungen gelernt, von der Gruppe der bösartigen Neubildungen sive Krebse einige besondere Reihen auszuscheiden, welche eine von der Mehrzahl der Krebse abweichende Structur zeigten. R. Volkmann hat in einer bemerkenswerthen Arbeit: „Ueber einige vom Krebs zu trennende Geschwülste" schon frühe (Halle 1858) hierauf hingewiesen, und Virchow hat in grundlegender Weise gezeigt, dass von den malignen Tumoren eine gewisse Anzahl unter ganz andre Rubriken untergebracht werden muss, als unter die Krebse; er hat vor Allem die Gruppe der bösartigen Sarcome definirt und von den Krebsen getrennt. Es blieben danach als ächte Krebse diejenigen *malignen* Neubildungen zurück, welche einen alveolären Bau besitzen, d. h. welche nach dem epithelialen, drüsigen Typus angeordnet sind. Wir betonen hierbei die *Malignität* der Neubildung, denn wo keine Malignität vorliegt, da können wir nimmermehr von Krebs sprechen, mag auch das anatomische Verhalten, wie z. B. in den von uns referirten Fällen, noch so sehr krebsähnlich sein.

Es ist demnach unmöglich, den Krebs direct anatomisch als „*Tumor mit atypischer Epithelneubildung*" *zu definiren.* Eine Definition soll den Begriff decken, muss demnach auch umgekehrt gelten; wir können aber nicht sagen: Atypische Epithelneubildung ist Krebs, sondern vielmehr nur: Atypische Epithelneubildung ist *meist* Krebs, kann aber auch etwas anderes, Unschuldiges, sein. Die Definition des Krebses ist bis heut auf rein anatomischer Grundlage nicht zu geben, es gehört immer noch das klinische Moment der Malignität hinzu.

Wir sind wieder einmal in der unangenehmen Lage, den Werth einer für sicher angesehenen Errungenschaft der microscopischen Forschung in Zweifel ziehen und auf ein niedrigeres Mass reduciren zu müssen. Es ist ein Irrthum, zu glauben, dass man den Krebs in allen Fällen, zumal in seinen Anfangsstadien, mit Sicherheit anatomisch diagnosticiren könne, weil wir noch kein anatomisches Bild kennen, welches dem klinischen Begriff Krebs unbedingt entspräche. Ebensowenig wie die geschwänzten Krebszellen der älteren Micrographie in ihrer specifischen Bedeutung bestehen bleiben konnten, ebensowenig ist die atypische Epithelneubildung für den Krebs absolut charakteristisch [1].

Es folgt hieraus unmittelbar das practische Resultat, dass wir nicht im Stande sind, an Tumorparthien, in denen wir bei microscopischer Untersuchung Epithelmassen in atypischer Weise, in Nestern oder in netzförmigen Zügen neugebildet antreffen, sofort *den Krebs* zu diagnosticiren. Es kann das Krebs sein, muss es aber nicht; und so kann es kommen, dass wir gerade in schwierigen und zweifelhaften Fällen, in denen wir vom Microscop die Aufklärung erwarten, auch nach genauer histologischer Prüfung zu einem entscheidenden Resultat nicht gelangen.

Jedenfalls aber wird man sich auf's äusserste hüten müssen, nach dem histologischen Bilde allein, ohne auf die sonstigen Verhältnisse Rücksicht zu nehmen, die Diagnose zu stellen. Wo man microscopisch nichts als atypische Epithelbildungen innerhalb der neugebildeten Substanz auffindet, und wo man nicht etwa hochgradige Degenerationen, einen „fressenden" Charakter der Neu-

---

[1] Vgl. Billroth, Aphorismen über Adenom und Carcinom. Archiv f. klin. Chir. Bd. 7, sowie die übrige Adenomliteratur.

bildung, das heisst, ein zerstörendes Eindringen derselben in das alte Gewebe, oder gar schon Metastasen vorfindet, da hat man nur ein *Epitheliom* in dem bezeichneten rein anatomischen Sinne zu diagnostieiren und lasse den Verlauf darüber entscheiden, ob dasselbe bösartig, also ein wahrer Krebs sei, oder aber eine unschuldige Epithelwucherung darstelle. Man wird natürlich solche Fälle stets mit besonderer Sorgfalt im Auge behalten und stets den Verdacht auf bösartige Neubildung hegen. · Dass derartige Epithelwucherungen z. B. in hypertrophischen oder ulcerösen Hautparthien unter Umständen lange Zeit gutartig bleiben und erst nach Jahren einen krebsigen Charakter annehmen können, ist nach den bekannten Erfahrungen an Warzen und dem sogenannten Ulcus rodens sehr wahrscheinlich. Indessen ist dieser Verlauf jedenfalls nicht nothwendig und es ist sicher, dass die Affection dauernd eine unschädliche bleiben kann.

Jeder umsichtige Beobachter hat übrigens schon seit je Anstand genommen, ohne weiteres „*Krebs*" anzunehmen, wenn er an einer Schleimhaut- oder Granulationswucherung etc. den Bau des *Epithelioms* nachweisen konnte; man verlangt mit Recht, ehe man diese folgenschwere Diagnose stellt, den Nachweis der Bösartigkeit des fressenden Charakters der Neubildung. *So lange nun die atypisch verlaufenden Epithelstränge nur im Gebiet des neugebildeten Gewebes liegen*, so lange ist ein schrankenloses Fortschreiten, eine Malignität der Neubildung noch nicht mit Sicherheit demonstrirt; dies ist erst dann der Fall, *wenn man die epithelialen Mässen im alten, präformirten Gewebe zerstörend fortwuchern sieht*, z. B. im Muskel, im Knochen, etc.; wenn dies constatirt ist, erst dann können wir sicher sein, in der That ein *destruirendes Epitheliom*, mit andern Worten *einen ächten Krebs* vor uns zu haben.

Die epitheliale Krebstheorie und die eigentliche Krebsfrage.

Wie verhalten sich nuu diese Befunde und Entwiekelungen zu der jetzt modernen Theorie der Krebsgenese?

Es ist sofort klar, dass die epitheliale Theorie der Krebsgenese, die bisher gewöhnlich zur Erklärung der Bösartigkeit des Krebses herangezogen wurde, hiezu in keiner Weise ausreicht. Man stellte sieh die Saehe meistens so vor, dass wenn einmal Epithel atypisch in das Bindegewebe hineinwaehse, es dann immer weiter in's Unendliehe fortwachsen könne und müsse, und so nothwendig einen bösartigen Verlauf herbeiführe. Wir sehen nun in userm Falle von Lepra die atypiseh gewucherten Epithelmassen stets auf die Cutis besehränkt bleiben; wir finden ferner dieselben atypischen Epithelneubildungen bei vielen Fällen von Lupus, bei Granulationen etc., ohne dass dabei von Krebs nur im geringsten die Rede sein könnte. Wir werden noch weiterhin zu zeigen haben, dass bei der Lungenphthise, bei der Lebercirrhose und andern Affeetionen, die mit Krebs gar nichts zu thun haben, atypische Epithelwucherungen häufig in ganz analoger Weise, wie beim Krebs gefunden werden, und werden als allgemeines Resultat den Satz abstrahiren, dass überall da, wo chronische Reizungsprocesse vorliegen, die zur Bildung von Granulationsgewebe führen, auch in den zugehörigen epithelialen Parthien Wucherungsproeesse auftreten können, welche häufig in atypischen, krebsähnlichen Formen zu Stande kommen. Die atypische Epithelneubildung ist also nicht dem Krebse eigenthümlieh, sie bedingt nicht unmittelbar die Bösartigkeit des Krebses, sondern es muss noch ein anderes Moment hinzukommen, von welchem dann die Malignität abhängig zu machen ist.

Welches dieses andere Moment ist, bleibt uns allerdings noch vollständig unbekannt, aber wichtig ist, festzustellen, dass nicht die atypische Epithelwucherung für sich den Krebs, d. h. eine local und allgemein bösartige Neubildung macht.

Wenn also thatsächlich, wie die epitheliale Krebstheorie will, bei allen Krebsen, die sämmtlichen intra-alveolären Zellenstränge und -Haufen durch atypische Epithelwucherung vom präformirten Epithel her entstanden sind, so mag dies für sich eine ganz interessante Thatsache sein, zumal in histogenetischer Hinsicht, steht aber von vornherein in gar keiner Beziehung zu dem eigentlichen Kern der Krebsfrage.

Nicht darauf kommt es uns in letzter Instanz an, festzustellen, ob die Krebszellenstränge und -Alveolen veränderte Lymphgefässe darstellen, deren Endothel sich entsprechend umgewandelt habe, oder durch Epithelwucherung, oder durch directe Umwandlung aus Bindegewebszellen oder wie sonst immer zu Stande gekommen sind; nicht darauf, ob das Gerüstwerk und die Gefässe neuer oder alter Bildung seien; das sind alles Fragen von wesentlich *morphologischem* Charakter, deren Untersuchung den Pathologen nur in zweiter Linie interessirt, und deren etwaige Beantwortung direct noch lange keine wirkliche *Theorie des Krebses* involvirt. Wir verlangen nothwendiger Weise von einer Krebstheorie eine Erklärung derjenigen Eigenschaften des Krebses, in denen seine pathologische Bedeutung liegt; wir wollen vor Allem wissen, warum der Krebs schrankenlos durch die verschiedensten Gewebe zerstörend weiterwuchert, warum er unaufhaltsam und rapide bis zum Tode des Individuums fortschreitet.

Man hat nun schon frühe, bald nachdem man angefangen hatte die Krebse microscopisch zu untersuchen, geglaubt, für die klinisch so hervorragenden Eigenschaften des Krebses in seinen histologischen Eigenthümlichkeiten eine Erklärung zu finden; man hat z. B. versucht, die Malignität des Krebses darauf zurückzuführen, dass in ihm aus Bindegewebszellen direct epitheliale entstünden, und dass diese histogenetische Heterologie die Malignität

bezeichne und bedinge. Es hat sich aber bald, ungefähr zu derselben Zeit, als die cellularpathologischen Doctrinen auch auf
einem andern Gebiete, auf dem der Entzündung, zu Falle kamen,
herausgestellt, dass für die allermeisten Krebsfälle dieser supponirte,
heterologe Entstehungsmodus der Krebszellen nicht nachweisbar
ist, im Gegentheil höchst wahrscheinlich eine im histologischen
Sinne homologe Entwickelung der epithelartigen Krebselemente
angenommen werden muss.

Auf Grund dieser Befunde entstand dann die sogenannte
epitheliale Krebstheorie; man musste die Vorstellung, dass die
Malignität des Krebses von einer directen Metamorphose der Bindegewebszellen in epithelartige Krebszellen abhängig sei, nothge-
drungen aufgeben und dachte, die *atypische* Form der epithelialen
Wucherung, die bei vielen Krebsen gefunden wurde, für die
Malignität der Neubildung verantwortlich machen zu können. Wir
machen nun in diesen Blättern auf die Häufigkeit vollständig krebs-
artiger, atypischer Epithelwucherungen in Fällen, die mit Krebs
gar nichts zu thun haben, aufmerksam, so dass auch diese Vorstellung fällt.

Somit ergiebt sich die betrübende Wahrnehmung, dass die
ganze neuere histologische Entwickelung uns für das Verständniss
des Krebses gerade in den Hauptpuncten vollkommen im Stiche
lässt, dass wir also eine eigentliche Theorie des Krebses überhaupt
noch gar nicht besitzen. Denn die sogenannte epitheliale Krebstheorie
bezieht sich, wie entwickelt, nur auf histogenetische Vorstellungen
und berührt den für uns wesentlichsten Punct, die pathologische
Bedeutung des Krebses absolut gar nicht.

Danach verliert die sogenannte epitheliale Krebstheorie sehr
viel von ihrem Interesse für die Pathologie. Für den *Morphologen*
wird es immer noch wichtig sein, zu untersuchen, ob krankhafte
Neubildungen bösartiger Natur, die im allgemeinen nach dem
Typus der ächten Drüsen gebaut sind, auch ihre Entwickelung
in ähnlicher Weise wie jene nehmen, oder ob etwa hier andere

genetische Modi Platz greifen. Für uns Pathologen aber sowie für die praetisehen Medieiner wird diese Frage nur ein sehr entferntes Interesse haben; die Fragen, die uns beschäftigen, sind, wie oben erwähnt, ganz andrer Natur, und in Bezug auf diese Fragen giebt uns die pathologisehe Histologie leider so gut wie gar keine Aufklärung.

Was dagegen die morphologische Seite der Frage betrifft, so ist in dieser Richtung der epithelialen Krebstheorie ein nicht geringes Verdienst beizumessen; sie hat jedenfalls für eine grosse Zahl von Krebsfällen volle Gültigkeit. Für alle Fälle, ausnahmslos, trifft sie unserer Ansicht nach nicht zu (vergl. die Note zu meinem Aufsatze: „Ueber Geschwülste mit hyaliner Degeneration", Virch. Arch., Bd. 67), und die morphologischen Gesiehtspuncte, von denen sie ausgeht, werden wohl zunächst noch durch die Thatsachen der normalen Histogenese zu controliren resp. zu verificiren sein, ehe man dieselben in *ausschliesslicher Weise* auf pathologische Gegenstände übertragen darf. Noch in jüngster Zeit ist ja die Remak-His'sche Keimblätterlehre, welche der sogen. epithelialen Krebstheorie zur Grundlage diente, durch *Götte* in der entschiedensten Weise angegriffen worden.

Boll's Princip des Wachsthums.

In seinem Buche: „Das Princip des Wachsthums," hat *Boll* vor kurzem die bisherigen Theorien der Genese des Krebses sowie die ganze Methode der pathologischen Anatomie einer sehr herben Kritik unterzogen, einer Kritik, welche meiner Ansicht nach ebenso wenig zu halten ist, wie das ganze von Boll entwickelte „Princip des Wachsthums".

Bereits oben (Anm. zur Seite 13) habe ich kurz darauf aufmerksam gemacht, dass die Art und Weise, wie die epitheliale Ueberhäutung zu Stande kommt, mit dem „Princip" Boll's durchaus nicht in Uebereinstimmung gebracht werden kann. Sein

Princip geht bekanntlich dahin, „dass das Wachsthum bei höheren Thieren niemals als die Function eines einzelnen Gewebes, sondern stets als die combinirte Action mehrerer Gewebe auftritt"; weiterhin: „An und für sich ist jedes der beiden Gewebe" (scil. Epithel und embryonales Bindegewebe mit Gefässen) „impotent, „auch nur den kleinsten Fortschritt im Wachsthum zu machen; „es vermag seine Bildungskraft nur im Zusammenhange mit einem „anderen Gewebe zu bethätigen", etc.

Wenn wir nun sehen, wie z. B. in den Versuchen Zielonko's das Epithel einer ausgeschnittenen und isolirten Froschcornea über eine Fibrinmembran herüberwächst, so haben wir damit weder ein Zusammenwirken mehrerer Gewebe, noch auch Impotenz des einzelnen Gewebes, sondern wir sehen ganz unzweideutig, dass das Epithelgewebe die Fähigkeit besitzt, *für sich allein, primär und unabhängig zu wachsen*, genau in derselben Weise wie das vegetative Zellgewebe wächst, ganz ohne „dramatische Vorgänge", ohne „Kampf der Gewebe" (Boll).

Ein anderes Beispiel für die Selbstständigkeit des Epithelwachsthums bietet das Wachsthum der Chorionzotten in der Placenta. An der Spitze, seltener an den Seiten wachsender Placentarzotten, sieht man, wie bereits Schröder v. d. Kolk, H. Müller, Virchow und andere Beobachter beschreiben, Epithelknospen aufsitzen, d. h. das sonst nur aus einer Zellenlage bestehende Zottenepithel verdickt sich, es finden sich mehrere Zellenreihen über einander, und es entstehen lange solide Sprossen, die lediglich aus Epithelzellen bestehen und die häufig kolbig gestaltet sind. Noch in der ausgewachsenen Placenta findet man solche Formen von Epithelknospen, sehr viel häufiger aber in wachsenden Placenten aus früheren Schwangerschaftsmonaten. Auch hier sehen wir ein ganz selbstständiges, vegetatives Wachsthum des Epithelgewebes; das Epithel ist auch hier für sich nicht „impotent", im Gegentheil, es treibt vollkommen selbstständig Sprossen, ohne dass eine Veränderung des darunter liegenden Gewebes oder der Gefässe vor-

handen ist; ebenso wenig bedingt der neuentstandene Epithelial-
vorsprung sofort, im Moment seiner Entstehung selbst, eine neue
Vertheilung der Gefässe, wie Boll will (er stellt seine Sätze in erster
Linie für die drüsigen Organe hin, dehnt sie aber sofort auf alle
andern aus), sondern es dauert eine bestimmte Zeit, bis der Zotten-
grundstock mit den Gefässen naehwächst und die ursprünglich
solide Epithelsprosse aushöhlt.

Dass nun das andere Gewebe, nämlich das gefässhaltige embryonale Bindegewebe, welches Boll ganz passend „Gefässkeimgewebe" nennt, ebenfalls für sich allein „impotent" sei; dass „mit
derselben gesetzmässigen Nothwendigkeit, mit der bei der Zeugung
das männliche und weibliche Element zusammenwirken müssen",
auch hier noch ein anderes waehsendes Gewebe concurriren müsse,
um Wachsthumsvorgänge möglieh zu machen, das müssen wir
mit derselben Entschiedenheit, wie wir es für das Epithelgewebe
gethan haben, bestreiten. Man beobachte nur sprossende Wundgranulationen, die ja ganz aus Gefässkeimgewebe bestehen, um
sich von dem selbstständigen isolirten Wachsthum des letzteren
zu überzeugen. Es würde zu weit führen, wollten wir alle die Fälle
hier aufzählen, in denen selbstständiges Waehsthum einzelner
Gewebe für andere Fälle constatirt werden kann; begnügen wir
uns mit den oben angeführten Beispielen, um das Princip Boll's
in seiner Ausschliesslichkeit zurüekzuweisen.

Dasselbe hat für viele Organe, z. B. für die Drüsen, gewiss
seine Berechtigung ; man kann gewiss zugeben, dass bei der Bildung der Drüsen Epithelgewebe und gefässtragendes Bindegewebe
gleichzeitig und gemeinschaftlich, oder nach Boll's Ausdrucks-
weise, mit einander kämpfend, in Action treten; indessen ist es
wohl übertrieben, in dieser Aufstellung „einen bisher ungeahnten
Gesichtspunct für das Verständniss der organischen Formen" zu
finden.

Wenn wir also die Einseitigkeit und Schroffheit der Aufstellungen Boll's bekämpfen müssen, so wollen wir doch nicht verken-

nen, dass in seinen Beobachtungen über die Entwickelung der Lunge und in den daran geknüpften Betrachtungen einige sehr schätzbare Thatsachen und interessante neue Ideen enthalten sind.

So halten wir z. B. die Anschauung Boll's von der formbestimmenden Bedeutung der Capillaren für ganz zutreffend, und zwar besonders bei solchen Organen, bei denen, wie in der Lunge und manchen Drüsen, die Capillaren ausser der Ernährung des Organs noch andere wichtige physiologische Funktionen besitzen. Wir wenden uns nur gegen die vollständig unberechtigte Verallgemeinerung, die Boll seinen Sätzen zu Theil werden lässt und gegen die Aufbauschung derselben zu einem das gesammte Entwickelungsleben beherrschenden „Princip".

Von seinem Princip ausgehend, tritt nun Boll an die Untersuchung der Entwickelung des Krebses. Boll erklärt zunächst, dass die bisherigen Theorien der Krebsgenese aus einer unrichtigen Grundanschauung abgeleitet seien.

„Für uns entbehren die Schlagworte „Entwickelung aus „dem Bindegewebe" und „Entwickelung aus dem Epithel", „mit denen bisher ausschliesslich gestritten wurde, jedes wirk-„lichen Sinnes. Unvermögend, diese bisher in der Krebsfrage „allein herrschenden Begriffe als baare Münze anzunehmen „wie auszugeben, können wir uns an der dieses Feld zunächst „noch beherrschenden Discussion nicht betheiligen, sondern „wir begnügen uns, die müssigen Zuschauer eines Spieles ab-„zugeben, das von beiden Seiten zwar mit grossem wissen-„schaftlichen Eifer, aber doch nur um falsches Geld betrieben „wird".

Wir vermögen dieses äusserst absprechende Urtheil nicht als richtig anzuerkennen, sondern glauben, dasselbe auf ein Missverständniss zurückführen zu müssen. Die neuere pathologische Anatomie hat niemals behauptet, der *Krebs* im Ganzen mit seinem Gerüst, seinen Gefässen und Nerven entwickele sich aus dem Epithel, sondern die Frage war immer nur die, *welches die Abstammung der-*

jenigen zelligen Elemente des Krebses sei, welche in den bekannten Strängen oder Alveolen enthalten sind.

Allerdings pflegt man — und nicht ohne Gründe — gerade diese Elemente als die wichtigsten im Krebs anzusehen; aber kein Mensch konnte je daran denken, die Entwickelung dieser Zellen mit der Entwickelung des Krebses im Ganzen, des Krebses als Organ, ohne Weiteres zu identificiren.

Es liegt demnach, wie man sofort sieht, ein ganz elementarer Irrthum vor; denn dass es gerechtfertigt ist, nach der Herkunft der einzelnen Elemente eines Organes zu fragen, auch wenn dasselbe als Ganzes eine zusammengesetzte Entwickelung genommen hat, ist wohl unbestreitbar. Wir wissen seit lange, oder besser gesagt, wir nehmen an, dass bei der Entwickelung der Drüsen das bindegewebige Gerüst aus den Elementen des mittleren Keimblatts, die secernirenden Drüsenzellen dagegen aus denen des oberen resp. unteren Keimblatts entstehen; es ergiebt sich nun hieraus für den Krebs, der im Allgemeinen ja nach dem Drüsentypus aufgebaut ist, ganz nothwendiger Weise die Frage, ob bei ihm ein analoger oder ein anderer Entwickelungsmodus vorliege. Diese Frage ist es wesentlich, die seit der grundlegenden Arbeit von Thiersch im Vordergrunde der Discussion innerhalb des letzten Decennium gestanden hat; wir haben schon früher aus einander gesetzt, dass die Lösung dieses Dilemma's durchaus nicht direct mit der Lösung der eigentlichen Krebsfrage zusammenhängt, da das Wesen des Krebses jedenfalls nicht allein in seinen histologischen Eigenschaften, soweit dieselben bis jetzt erkannt sind, gelegen sein kann; indessen, jedenfalls liegt in der oben erwähnten Fragestellung durchaus nichts Unvernünftiges, und vom histologischen Standpunkte aus ist dieselbe sogar nothwendig.

Boll fährt nun fort:

„Im Gegensatze zu den bisherigen, principiell zur Erfolg-
„losigkeit verdammten Bestrebungen, ist die wirkliche Lösung

„der Krebsfrage aus dem in den ersten Abschnitten dieses
„Buches entwickelten Princip des Wachsthums ohne weitere
„Schwierigkeit abzuleiten. Nicht eine „Grenzverschiebung des
„Epithels gegen das Bindegewebe", wie man es wohl genannt
„hat, stellt das Cancroid dar, sondern das Cancroid ist viel-
„mehr „der wieder ausgebrochene Grenzkrieg zwischen Binde-
„gewebe und Epithel", der wie in der eigentlichen Entwicke-
„lungsperiode zur Bildung der normalen Oberflächenorgane,
„der Drüsen u. s. w., so in der Involutionsperiode zur Bildung
„der pathologischen Oberflächenorgane führt".

Und ferner:

„Die Involutionsperiode, jener Epilog der Entwickelungs-
„periode, ist dadurch characterisirt, dass in ihr die Gewebe
„noch einmal, wenn auch nur sehr viel schwächer, wieder
„Wachsthumsvorgänge einleiten, die principiell mit denen der
„Entwickelungsperiode übereinstimmen. Noch einmal wieder
„befinden sich die Gewebe in einem Zustande formativer Reiz-
„barkeit, ähnlich dem embryonalen, und zeigen, wenn auch
„in beschränkterem Grade, die Fähigkeit, noch einmal neue
„Oberflächenorgane zu bilden".

Der Leser erlässt es uns gewiss, diese Sätze ausführlich zu
critisiren. Der Krebs entsteht nach Boll ebenso, wie die Drüsen
im Embryo, durch einen der Zeugung analogen Vorgang, bei
welchem aber die beiden zusammenwirkenden Elemente, nämlich
Epithel und Bindegewebe, mit einander kämpfen. Geben wir alles
dies als richtig zu, so ist doch nicht einzusehen, warum durch diesen
verbrecherischen Vorgang ein Krebs, und nicht eine einfache
Drüsenneubildung, etwa ein Adenom, zu Stande kommt. Somit
ist es mir unmöglich, anzuerkennen, dass durch den Satz von dem
„wiederausgebrochenen Grenzkrieg" die *wirkliche Lösung der
Krebsfrage* gegeben sei, und ich zweifle sehr, ob andere Fachge-
nossen darin glücklicher sein werden.

Inconstanz der atypischen Epithelwucherung.

Kehren wir nach dieser Absehweifung zu dem Vorkommen der atypischen Epithelwucherung an der Haut zurück, so haben wir zunächst noch darauf hinzuweisen, dass die atypische Epithelwucherung bei denjenigen Affectionen, bei denen sie gefunden wird, durchaus nicht in regelmässiger, constanter Weise auftritt.

Ich habe speziell auf diesen Gegenstand hin eine Reihe von Lupusfällen untersucht und nur bei einigen derselben ausgedehntere Wucherungen des Epithels gefunden; auch bei den Fällen von hypertrophischem Lupus erhält man nicht immer ein positives Resultat. Von Lepra konnte ich nur den einen Fall untersuchen; indessen liegen von andern Leprafällen so eingehende und genaue Untersuchungen vor, die derartige Bildungen nicht erwähnen, dass man wohl auch hier von einer Inconstanz des Vorkommens sprechen darf. Bei andern Fällen von Elephantiasis, die ich nachsah, waren meist nur wenige Andeutungen oder selbst nichts aufzufinden.

Dagegen fand ich sie öfters bei grösseren Hautwarzen, entweder als einfache Sprossen des Rete Malpighi oder auch verästelt und selbst Netze bildend.

Die relative Häufigkeit und die Art und Weise des Vorkommens der atypischen Epithelneubildungen bei den Affectionen der Haut festzustellen, ist Gegenstand einer speciellen Untersuchung. Ich brauche nur kurz daran zu erinnern, dass zur Constatirung dieser Verhältnisse bei Warzen, Papillomen, etc., eine besonders umsichtige Untersuchung nothwendig ist, weil es sich darum handelt, die schwierige Unterscheidung zwischen interpapillären Epitheleinsenkungen und wirklichen, in die Tiefe eindringenden Epithelsprossen zu ziehen. Jedenfalls zeigt aber die grosse Inconstanz ihres Vorkommens um so deutlicher, dass der pathologische Werth derselben der Regel nach nur ein secundärer sein kann.

Atypische Epithelwucherung in der Lunge (bei Phthisis) und Leber (bei der Cirrhose, etc.).

Das Vorkommen der atypischen Epithelwucherung ist nun aber nicht auf die Haut und die Wundgranulationen allein beschränkt, sondern erstreckt sich über die verschiedensten Organe. In einer demnächst zu veröffentlichenden Arbeit habe ich das Vorkommen derselben bei chronischen Lungenerkrankungen erwähnt (Unters. über chronische Pneumonie, Virch. Arch. Bd. 68).

Wo innerhalb der Bronchialwand und um dieselbe herum längere Zeit hindurch zellige Infiltration oder eine Bildung von Granulationsgewebe zu Stande kommt, und zwar bis dicht an das Epithel heranreichend, da können vom Bronchialepithel aus Wucherungen entstehen, die in Form von Schläuchen und Zapfen die Wand des Bronchus und sogar die Umgebung derselben durchsetzen. (Vgl. Fig. 8). Wir sehen, dass diese Wucherungen sehr regelmässig bei der chronischen Lungenentzündung der Kaninchen beobachtet werden, welche in Folge der Durchschneidung der N. recurrentes bei diesen Thieren erzeugt werden kann; nachträglich bemerke ich hier, dass in einem Falle die ersten Anfänge der Epithelwucherung schon zehn Tage nach der Durchschneidung der Laryngei inferiores gesehen wurde. Wir sehen weiterhin, dass sie bei der Lungenphthise des Menschen und besonders häufig bei interstitiellen und indurativ-pneumonischen Processen gefunden werden, und finden sie auch in einem Falle von secundärer Sarcomatosis der Lungen an einzelnen der Lungenknoten.

Bei den analogen Erkrankungen der *Leber*, also bei denjenigen Erkrankungen dieses Organes, die zur Bildung von Granulationsgeweben um die epitheltragenden Gallenwege herumführen, kommt nun wieder derselbe Vorgang zur Beobachtung, und zwar in ganz ausgezeichneter Weise. Vor allem *bei der Lebercirrhose* finden wir in einer gewissen Anzahl von Fällen — etwa in dem vierten Theile der sämmtlichen von uns untersuchten — in dem neugebildeten Granulations- und Bindegewebe ein sehr dichtes, unregelmässiges Netzwerk, dessen Balken aus epithelialen Gängen bestehen und direct mit den, als solche deutlich charakterisirten, interlobulären Gallengängen zusammenhängen (Fig. 6). Die Gänge zeigen gewöhnlich kein deutliches Lumen, bestehen sogar häufig nur aus einer einzigen Zellenreihe und verdicken sich an den Knotenpuncten; sie sind häufig ganz ausserordentlich engmaschig, so dass da, wo sie netzförmig angeordnet sind, die Maschen zuweilen kaum breiter sind, als die Gänge selbst.

Man hat derartige Bilder schon früher ab und zu beobachtet und verschieden gedeutet; theils als mit Galle gefüllte kleinste Lymphgefässe der Leber — die Gänge sind oft sehr stark gallig tingirt, wenn Lebericterus besteht — theils als präformirte, feinste intralobuläre Gallengänge, die durch die Atrophie der sie umgebenden Parthien (Leberzellen) nur deutlicher sichtbar, event. auch in ihrer Structur modifizirt worden sind (Cornil, Note pour servir à l'histoire de la cirrhose hépatique, Arch. de physiol. normale et pathol. 1874, S. 270).

Diese letztere Ansicht ist zur Erklärung unserer Bilder jedenfalls nicht ausreichend; Cornil hat vielleicht einen Fall vor sich gehabt, in dem die uns beschäftigende Affection weniger ausgesprochen war. Dass es sich um eine wahre Neubildung von epitheltragenden Canälen handelte, wurde besonders an solchen Stellen zur Evidenz klar, wo Atrophie gar nicht vorhanden war, wo die Acini noch vollständig intact vorlagen, nur durch breite, neugebildete Bindegewebssepta von einander getrennt (cirrhose hypertrophique der Franzosen; vgl. *Hanot*, Sur une forme de cirrhose hypertrophique de foie, thèse de Paris 1876.) Auch Hanot beschreibt die Wucherungen der Gallengänge in einigen seiner Fälle; es ist indessen zu bemerken, dass diese Wucherungen nicht der *hypertrophischen* Cirrhose *allein* zukommen, sondern auch bei gewöhnlicher, atrophischer Cirrhose gefunden werden. In diesen neuge-

bildeten *interacinösen* Zügen zellig infiltrirten Bindegewebes war
nun das epitheliale Netzwerk prachtvoll entwickelt und ausserordentlich dicht, so dass hier von normalen, präformirten Gebilden
keine Rede sein konnte, sondern mit absoluter Nothwendigkeit
eine eigentliche Neubildung der epithelialen Gänge angenommen
werden musste.

Wo allerdings zugleich Atrophie der Acini vorlag, da konnte
es unter Umständen schwierig werden, atrophische Leberzellen-
balken von den neugebildeten Epithelsträngen zu unterscheiden
(vgl. Klebs, pathol. Anatomie, Bd. 1, Fig. 39), und diese netzförmig angeordneten Epithelstränge selbst können, soweit sie innerhalb der Grenzen des früheren Acinus liegen, möglicher Weise
als mit Epithel erfüllte, veränderte feinste Gallencapillaren angesprochen werden. Man muss dann annehmen, dass mit der Atrophie
der Leberzellen eine Dilatation des sie umspinnenden Netzes der
Gallencapillaren statt gefunden habe, und dass in die dilatirten
Canäle hinein das Epithel gewuchert sei. Für uns ist aber das Ent-
scheidende, dass an vielen andern Stellen, wie erwähnt, eine
directe Neubildung der Epithelstränge postulirt werden muss.

Ganz neuerdings ist es Charcot und Gombault (Arch. de physiol. norm. et pathol. 1876, Mai-Juni) gelungen, analoge Bildungen experimentell zu erzeugen, und zwar bei Meerschweinchen
durch Unterbindung des ductus choledochus. Die Verfasser finden,
dass nach dieser Operation ein entzündlicher oder irritativer Process an den Gallenwegen entlang kriecht, welcher nicht sowohl
durch den directen Reiz der Verwundung und der Fadenschlinge
determinirt wird, als vielmehr durch *die Stauung der Galle selbst*,
wobei noch die Veränderung der Beschaffenheit der Galle mit in
Betracht kommt. Der irritative Process gelangt sehr bald bis an
die feineren, interacinösen Gallencanäle, so dass eine interacinöse
Wucherung von kleinzellig-infiltrirtem Bindegewebe, kurz ein der
menschlichen Lebercirrhose in den meisten histologischen Beziehungen ganz ähnlicher Zustand entsteht; dabei findet auch Atro-

phie der peripherischen Leberzellenstränge statt. In diesem um die Acini herum neugebildeten Gewebe finden sich dann *netzförmig angeordnete, epitheliale Gänge,* die mit den Gallengängen zusammenhängen, und die nach Ch. und G. aus präformirten Gallencapillaren, die dilatirt und mit Epithel erfüllt worden sind, entstanden sein sollen. Auch bei einigen Fällen von Gallenstauung beim Menschen, die durch Steine bedingt war, fanden die Verfasser Sclerosirungen, i. e. Bindegewebswucherungen, um die interacinösen Gallenwege herum und Epithelwucherungen der geschilderten Art in dem neugebildeten Gewebe.

Ich habe hiezu zu bemerken, dass die *Gallenstauung selbst nicht als die directe Ursache der Epithelwucherungen,* die von den Gallenwegen ausgehen, angesehen werden kann. Herr *Dr. Blauvelt* aus New-York hat im hiesigen Institut das Vorkommen der Gallengangswucherung zum Gegenstande einer sorgfältigen Untersuchung gemacht, über die ich hier in Kürze referiren darf; er *hat auch bei den hochgradigsten Fällen von Gallenstauung lediglich negative Resultate erhalten, so lange mit der Gallenstauung nicht ein entzündlicher Process um die Gallenwege herum sich complicirte,* der zur Bildung von Granulationsgewebe um die letzteren führte.

Die Epithelwucherung tritt eben an den Gallenwegen gerade so, wie an der Haut und an den Bronchien, nur da auf, wo eine Bildung jungen Bindegewebes, Granulationsgewebes statt findet.

Bei den weitaus meisten Fällen von Gallenstauung — die wir hier in Strassburg wegen des enorm häufigen Vorkommens der Gallensteine in hiesiger Gegend sehr oft zu sehen Gelegenheit haben — fehlt nun jede interstitielle Wucherung. Die ectasirten Gallencanäle stossen im Gegentheil scheinbar ganz direct an das Leberparenchym selbst. Nur wo stärkere Reizungszustände vorliegen (oder wo etwa direct eine Complication mit Lebercirrhose gegeben ist), da können interstitielle Wucherungen, und innerhalb dieser auch Epithelneubildungen an den Gallengängen beobachtet werden. Die Reizung, welche durch gestaute, event. concrementhaltige Galle hervorgebracht wird, führt ja bekanntlich oft genug bis zur Abscessbildung; in andern Fällen, und zwar wie gesagt in den meisten, bleibt sie ganz minimal. Die Epithelwucherung hängt nun durchaus nicht direct von der Intensität der Gallenstauung, sondern nur von dem etwa um die Gallenwege herum entstandenen Granulationsgewebe ab.

Die Epithelneubildungen kommen in der That, wie es scheint, nur in neugebildetes Bindegewebe resp. Granulationsgewebe hinein zu Stande, niemals in das Leberparenchym selbst; auch die Abbildungen und Beschreibungen, welche die französischen Forscher gegeben haben, bestätigen dieses Verhältniss. Die Epithelstränge liegen stets in der neugebildeten Bindesubstanz und reichen nur immer bis an die Grenze der secernirenden Lebersubstanz hin, niemals in diese hinein; die intraacinösen Gallencanäle sind, wo man sie überhaupt erkennen kann, nur einfach dilatirt und event. mit Gallenpigment erfüllt.

Ich bemerke, dass die Arbeit der HHrn. Charcot und Gombault uns nach Abschluss der bezüglichen Untersuchungen erst beim Niederschreiben dieser Zeilen zu Händen kam, so dass die experimentelle Nachuntersuchung bisher noch nicht gemacht werden konnte.

Nach einer Mittheilung, die Hr. *Dr. Max Wolff* aus Berlin auf der Hamburger Naturforscherversammlung machte, kommen ganz analoge Gallengangswucherungen auch bei denjenigen Fällen von Lebercirrhose zur Beobachtung, welche bei Meerschweinchen in Folge von subcutanen käsigen Abscessen zu Stande kommen.

Es finden sich indessen noch andere, interessante Formen der Epithelneubildung bei den interstitiellen Processen der Leber; ich beziehe mich bei Schilderung derselben wesentlich auf die Untersuchungen *Dr. Blauvelts*.

Um die grösseren Gallenwege herum, also da, wo die Bindegewebsentwickelung bei vielen Fällen von Cirrhose besonders mächtig statt findet, kommt eine Epithelneubildung oft in ganz regelmässiger, drüsiger Weise zu Stande, so dass dann Bilder herauskommen, die den normalen Gallengangsdrüsen ganz ähnlich werden, nur in ganz colossal gesteigerter Entwickelung.

Noch viel ausgesprochener als bei der gewöhnlichen Cirrhose fanden sich diese drüsenartigen Neubildungen in einem Falle von Lebersyphilis.

Es handelte sich um einen 43jährigen Phthisiker; die Leber etwas vergrössert zeigte mehrfache strahlige Einziehungen an der Oberfläche; auf dem Durchschnitt fanden sich zahlreiche Einsprengungen strahliger Narbenzüge, mit Knoten in der Mitte, von der Ausdehnung einer Erbse und etwas darüber; an einigen derselben war centrale Verkäsung zu constatiren. Fast stets waren in diesen Knoten, welche unzweifelhaft als Syphilome angesprochen werden mussten, kleinere oder grössere Gallengänge enthalten, ebenso wie Aeste der Leberarterie, Vene- und Pfortader. Die Lebersubstanz war sonst ganz intact, nirgends icterisch, nur leichte rothe Atrophie. Von andern Zeichen der Syphilis wurden strahlige Narben am Gaumensegel und an der Epiglottis aufgefunden.

Die Neubildungen der Leber bestanden wesentlich aus derbem Bindegewebe, nur an einigen Stellen waren Rundzellen in grösserer Menge anzutreffen; die Arterienäste grösstentheils durch obliterirende Endarteriitis verengert oder ganz verlegt.

An vielen dieser narbigen Knoten fanden sich nun drüsige Wucherungen um die Gallengänge herum in enormer Massenhaftigkeit; gewöhnlich nur nach einer Seite hin entwickelt, die einzelnen Drüsenmassen dicht neben einander gelagert, erreichen sie im Ganzen oft die Ausdehnung von einem Quadratmillimeter aus dem Querschnitte und darüber. Die Bezeichnung Drüsen ist insofern nicht ganz correct, als ein dem Ausführungsgang entsprechendes Gebilde, eine directe Verbindung mit dem Oberflächenepithel des Gallengangs nur selten nachzuweisen ist; sonst aber sind es vollständig drüsenartige Bildungen, und zwar bestehen sie entweder nur aus vielfach gewundenen, ramificirenden Schläuchen, oder aber aus annähernd kugligen Acinis, die mit grossen Cylinder- oder kleinen kubischen Zellen ausgekleidet sind. Die einzelnen Drüsenelemente, Schläuche oder Acini, finden sich in kuglige oder längliche Gruppen, die sich ganz als Lobuli darstellen, zusammengeordnet und von anderen Lobulis durch grössere bindegewebige Scheidewände getrennt.

Schon die Verschiedenheit des Drüsentypus in ein und demselben Heerde — ein acinöser Lobulus liegt oft neben einem andern, der aus knäuelförmigen Tubulis zusammengesetzt ist — kennzeichnet die (im histologischen Sinne) heterologe Natur der Neubildung, dieselbe wird weiterhin noch dadurch charakterisirt, dass auch die Beschaffenheit der Zellen eine sehr verschiedene ist; das eine Mal finden wir breite Schläuche oder Acini mit hohen, hellen Cylinderzellen erfüllt, oft mit offenem Lumen (vgl. Fig. 7); an anderen Stellen wieder sind die Dimensionen der Drüsenelemente sehr viel kleiner, keine Spur von Lumen vorhanden, die Zellen selbst ebenfalls sehr klein, mit dunkelkörnigem Protoplasma erfüllt. Wären die Drüsenneubildungen nicht alle auf so geringe, fast microscopische Proportionen beschränkt, so würde man unbedenklich von Adenomen reden müssen, neben diesen aber finden sich auch die von der Cirrhose beschriebenen, netzförmig verbundenen, schmalen Epithelgänge. Das Vorkommen der letzteren interessirt uns desshalb besonders, weil sie hier jedenfalls auch unabhängig von Gallenstauung zu Stande gekommen sind.

Ganz ähnliche Bildungen wie in diesem Falle von Syphilomen (ich bemerke, dass andere Fälle von Lebersyphilis, die daraufhin untersucht wurden, keine oder wenigstens keine vollkommen sicheren Resultate ergaben) fanden sich dann bei Fällen von bindegewebigen Atrophien der Leber. Man findet bekanntlich sehr häufig bei älteren Individuen den unteren scharfen Leberrand noch besonders zugeschärft vermittelst einer Atrophie der Randtheile des Leberparenchyms und theilweisen Ersatz desselben durch derbes Bindegewebe. Diese keilförmig gestalteten, oft noch in dünne Membranen auslaufenden Bindegewebsmassen enthalten nur noch spärliche Reste von Leberparenchym, dagegen viel elastische Elemente und reichliche, dilatirte, auf dem Querschnitt bis Millimeter-grosse Gallengänge, die gewöhnlich mit Galle, oder aber mit einem hellen, schleimigen Fluidum angefüllt sind. Ihre Wände sind gewöhnlich in Falten gelegt; sie sind mit hohem Cylinderepithel ausgekleidet. Um diese ectatischen Gallengänge herum findet man dann drüsige Neubildungen in ganz ähnlicher Form, wie wir sie vorhin beschrieben haben, und zwar sind es meist breite, gewundene Schläuche mit deutlichem Lumen und hohen, hellen Cylinderzellen (Fig. 7). Auch hier liegen die Drüsenelemente gruppenweise zusammengeordnet.

Man könnte daran denken, diese Bildungen lediglich als ectasirte und durch Atrophie des dazwischenliegenden Gewebes zusammengerückte feine Gallencanäle aufzufassen; indessen die grosse Aehnlichkeit mit den bei den syphilitischen Knoten beobachteten Zuständen, welche letztere nothwendig als ächte Neubildungen angesehen werden müssen, legen dieselbe Deutung auch für die zuletzt beschriebenen Dinge ausserordentlich nahe. Zu gleicher Zeit bestehen übrigens auch hier nicht selten die in Fig. 6 dargestellten netzförmig anastomosirenden Epithelstränge.

Bei einigen Fällen von acuter Leberatrophie sind ebenfalls ähnliche Epithelstränge beobachtet worden; und zwar von Cornil (Archives de physiol. norm. et pathol. 1870), von Waldeyer (Virchov's Archiv, Bd. 43) und von Klebs (Pathol. Anatomie, Bd. 1); der zweite der genannten Autoren berichtet dabei auch von Bindegewebewucherungen, so dass die Analogie mit den bisher besprochenen Fällen vorhanden sein dürfte. Mir selbst stehen derartige Beobachtungen nicht zu Gebote.

Von älteren Beobachtungen, die in dieselbe Categorie zu gehören scheinen, erwähne ich noch den Fall, den Naunyu (Arch. für Anat. und Physiol. 1866) als Cystosarcom der Leber beschrieben hat.

Bei den analogen Processen in den Nieren ist es mir noch nicht gelungen, eine atypische Epithelwucherung mit Sicherheit nachzuweisen.

Atypische Epithelwucherung in Speicheldrüsentumoren, Schleimhautpolypen, Cystomen und Adenomen.

Dagegen ist dieselbe wieder in sehr ausgedehnter und characteristischer Weise vorhanden bei den Erkrankungen der Speicheldrüsen, und zwar speciell bei den Tumorbildungen derselben. Es ist längst bekannt, dass die sarcomatösen Tumoren der Speicheldrüsen, in deren Zusammensetzung oft Schleim- und Knorpelgewebe gefunden wird, sehr häufig auch epitheliale Parthieen enthalten; seltener sind dieselben acinös angeordnet, meist dagegen in Form von Zapfen und Gängen, mit oder ohne Lumen, welche häufig auch zur Bildung von Netzen zusammentreten und unter Umständen auch zur Bildung von Cysten führen. (Vgl. Billroth, Arch. f. klin. Chir., Bd. 7, und Virch. Arch., Bd. 27.) Es unterliegt nun wohl kaum einem Zweifel, dass diese Epithelstränge als Sprossen zu betrachten sind, die von den präformirten Drüsenelementen aus entstehen; der Reiz, der zur Tumorbildung, d. h. zu einer hyperplastischen, in diesem Falle auch atypischen Entwickelung im interstitiellen Gewebe Veranlassung giebt, bedingt — sei es nun direct oder indirect — auch in den epithelialen Theilen der Drüse eine pathologische Production, eine atypische Wucherung. Aehnliche complicirte Tumoren sind auch von andern Organen her bekannt (Hoden, Mamma, etc.)

Wer den Krebs einfach aus dem histologischen Bilde diagnostieiren will, der müsste alle diese Tumoren kurzweg als Krebse bezeichnen.

Ebenso dann die meisten *Drüsenpolypen der Schleimhäute*. Auch bei diesen finden wir, wie man seit den ersten Zeiten der pathologischen Histologie weiss [1], Epithelzellenschläuche in dem neugebildeten Gewebe der Polypen, welche entweder einfache

____

[1] Vgl. Billroth, über den Bau der Schleimpolypen. 1855.

Drüsenneubildungen darstellen, oder aber complicirte, atypische Formen annehmen, Netze bilden und nicht selten auch zur Entstehung von kleineren und grösseren cystischen Hohlräumen führen.

Atypische Epithelwucherungen von einfacher, gutartiger Natur kommen z. B. auch bei den *Cystomen* zur Beobachtung.

Hr. Ernst Friedländer aus Danzig, der in dem hiesigen pathologischen Institut über Ovariencysten gearbeitet hat, erwähnt derselben in seiner Inaugural-Dissertation: „Beitrag zur Anatomie der Cystovarien", 1876. Er sagt:

Krebsartige Epithelwucherungen.

„Einwachsungen des Epithels in das Bindegewebe finden „in Cystovarien bekanntlich sehr häufig statt und stellen einen „grossen Theil der glandulären Formationen vor. Es sind aber „nicht immer evidente Drüsen, sondern oft nur unregelmässige „Epitheleinsenkungen, ohne Lumen. Diese Epithelstreifen „können sich, wie der vorliegende Fall zeigt, in einer solchen „Ausdehnung in's Bindegewebe hinein erstrecken, dass man „zweifelhaft werden kann, ob dies eine dem reinen Cystovarium „so zu sagen noch erlaubte Epithelwucherung ist, oder ob man „es nicht vielmehr mit einer Combination mit Carcinom zu „thun hat.

„Es war ein Cystovarium mit Cysten von jeder Grösse, „welches grosse Massen derben Bindegewebes mit blumenkohl- „artigen Wucherungen trug. Die Epithelien des Tumors waren „klein, cylindrisch-rundlich. Solide Stränge dieser Epithelien „waren mitten in derbem Bindegewebe zu bemerken; sie bil- „deten hier grosse zusammenhängende Netze, indem sie sich „unter scharfen Winkeln verzweigten oder auch rundliche Par- „thien Bindegewebes umschlossen — zuweilen gingen von die- „sen geschlossenen Netzen blind endende, spitze, stachelförmige „Ausläufer aus. Diese Stränge waren meist sehr dünn, enthiel-

„ten in ihrer Breite zwei bis drei Epithelien; an einzelnen
„Stellen verbreiterten sie sieh, ohne dass es je zur Bildung
„alveolenartiger Anhäufungen in ihrem Verlaufe gekommen
„wäre. Dagegen erweiterten sie sich öfters zu kleinen Cysten
„und ebenso war ihr Zusammenhang mit den Oberflächen
„grosser Cysten deutlich zu ersehen".

F. giebt eine gute Abbildung der geschilderten Verhältnisse
und zeigt, dass die Bildung zwar krebsähnlich, aber doch nicht
als eigentlich krebsige zu betrachten seien; er reiht sie den von
mir an andern Orten beobachteten atypischen Epithelwucherungen an.

Schliesslich muss ich noch kurz bemerken, dass ein grosser
Theil der sogenannten Adenome jedenfalls auch in die Categorie
unserer atypischen Epithelwucherungen zu rechnen sein dürfte;
wir wollen hier auf dieses etwas verworrene Gebiet hier nicht näher
eingehen.

Entstehung und pathologische Bedeutung
der atypischen Epithelwucherung.

Werfen wir noch einmal einen Rückblick auf die Art und
Weise des Zustandekommens der atypischen Epithelwucherungen, so erscheint es uns als das wahrscheinlichste, dass dieselben
als secundäre Phänomene zu betrachten sind, welche da eintreten
können, *wo innerhalb oder in unmittelbarer Nachbarschaft der das
Epithel tragenden Membranen Neubildungsvorgänge sich abspielen,
welche zur Bildung von Granulationsgewebe oder von specifischer
Tumorsubstanz führen.*

Es liesse sich nun zur Erklärung dieses Zusammenhanges
die Hypothese aufstellen, *dass der zu der Gewebsneubildung füh-
rende Reizungsprocess von den Bindesubstanzen auf die anstossenden
epithelialen Elemente fortgepflanzt werde und auch diese zur Proli-*

feration anrege. Nun ist aber erstens nicht leicht einzusehen, warum die Epithelproliferation nicht wie gewöhnlich nach der Oberfläche hin, als Desquamation, sondern in die Tiefe, in das neugebildete Gewebe hinein statt findet; denn die Druckverhältnisse, die in einzelnen Fällen zur Motivirung herangezogen werden könnten (z. B. bei der Gallenstauung), sind in andern und zwar in den meisten Fällen nicht zu verwerthen.

Auf der andern Seite finden wir eine Schwierigkeit darin, dass der eben construirte hypothetische Zusammenhang nicht in allen Fällen derselben Art sich geltend macht, dass bei vielen Fällen von Lupus, Elephantiasis, interstitieller Pneumonie, Lebercirrhose, etc., die atypische Epithelwucherung nicht beobachtet wird ohne dass man den Grund ihres Ausbleibens wüsste, ohne dass diese Fälle sonstige Differenzen gegen andere derselben Art, welche mit atypischer Epithelwucherung verbunden sind, darböten.

Wir müssen demnach sagen, dass eine ausreichende Theorie der Entstehung der atypischen Epithelneubildungen zur Zeit noch fehlt.

Was die pathologische Bedeutung derselben betrifft, so dürfen wir mit grosser Sicherheit behaupten, *dass der atypischen Epithelwucherung an sich eine pathologische Bedeutung überhaupt gar nicht zukommt.* Dieses negative Resultat ist geeignet, melancholische Betrachtungen über den geringen Werth der pathologischen Histologie überhaupt, und insbesondere für die Lehre von den Tumoren in uns wachzurufen. Das Resultat kann aber insofern vielleicht von fruchtbaren, positiven Folgen begleitet sein, als es uns dazu auffordert, vor allem die Krebsfrage von andern Seiten als bisher in Angriff zu nehmen. Hoffen wir, dass es gelingen möge, an Stelle des bisherigen, an allen Ecken wankend gewordenen Gebäudes, das nach keiner Seite hin mehr genügt, ein neues geräumigeres Haus auf festerem Fundamente aufzubauen.

TAFELN.

Fig. 1. Schema eines subcutanen scrophulösen Abscesses mit theilweiser epithelialer Ueberhäutung der Innenwand. — Der obere Theil der Abscesswandung ist mit geschiehtetem Epithel ausgekleidet; dasselbe steht in continuirlicher Verbindung mit dem Epithel eines durch den Eiterungsprocess von unten her eröffneten Haarbalges, und ist jedenfalls von diesem aus entstanden. Die anderen Theile der Abscesswand sind durch die punctirte Linie angedeutet; die Cutis mit reichlichen runden Zellen infiltrirt, Haufen von Eiterzellen im Inneren der Abscesshöhle.

Fig. 2. Schema eines subcutanen scrophulösen Abscesses mit vollständiger epithelialer Ueberhäutung der Innenwand. — Auch hier Verbindung des Abscessepithels mit dem eines eröffneten Haarbalges; das Haar in dem letzteren atrophirt.

Fig. 3. Ein solcher Abscess, der seine Hautdecke perforirt hat, — scrophulöses Geschwür mit unterminirten Rändern. Schema. — Das Epithel des Geschwürbodens steht in directer Verbindung mit dem eines eröffneten Haarbalges und an der Perforationsstelle mit der äusseren Epidermis.

Fig. 8. Durchschnitt durch die Bronchialwand aus der Lunge eines Kaninchens, sieben Wochen nach Durchschneidung der N. recurrentes (subacute, käsige Pneumonie). — Die Bronchialwand mit massenhaften kleinen Rundzellen durchsetzt; in der Zeichnung sind die meisten derselben, sowie die Muskulatur weggelassen worden, um die epithelialen neugebildeten Stränge und Nester innerhalb der Bronchialwand deutlicher hervortreten zu lassen. Einige derselben mit Lumen versehen, einer der Epithelgänge in directer Verbindung mit dem Flimmerepithel der Oberfläche des Bronchus. Unten rechts eine anstossende Alveolenwand mit hohem Epithel bekleidet. Die Zeichnung ist aus Virch. Arch., Bd. 68, wiederholt.

Fig. 9. Wucherungen des Zottenepithels an den Chorionzotten der Placenta. Schematisch. — a. Verdickung des Epithelüberzuges an der Zottenspitze. b. Lange Epithelsprosse.

Die Grundsubstanz der Zotte ist in der Zeichnung weiss gelassen, die Gefässe sind durch eine einfache Schlinge angedeutet worden.

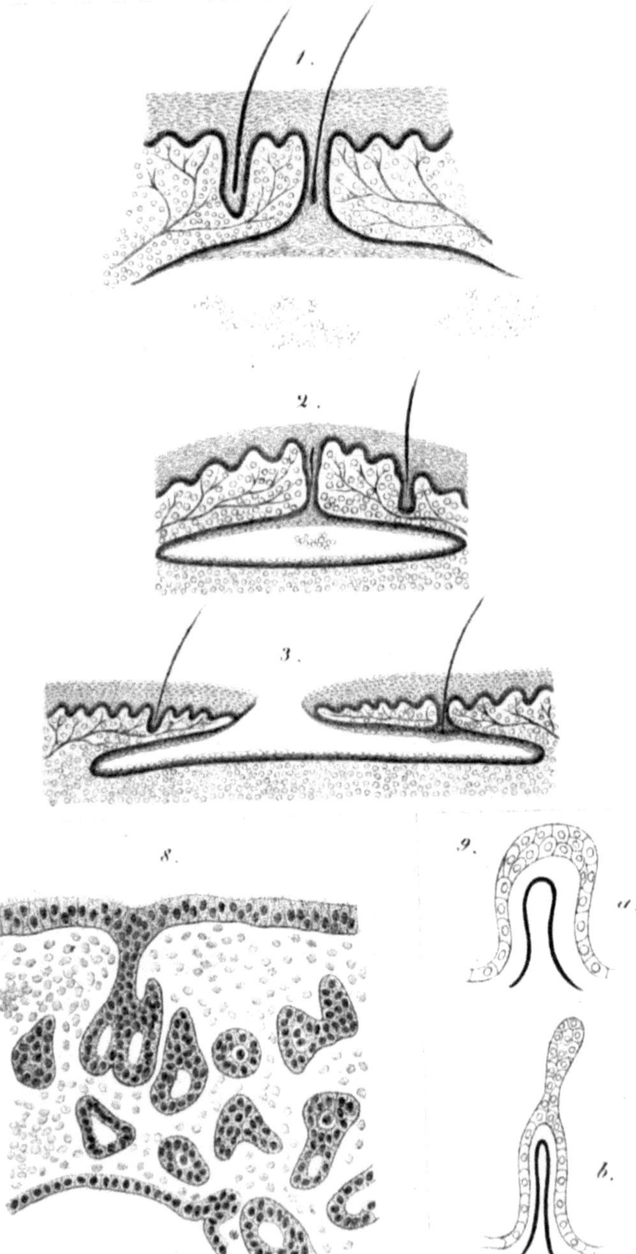
1.
2.
3.
8.
9.
a.
b.

Erklärung der Tafel II.

Fig. 4. Querschnitt durch die verdickte Haut des Unterschenkels bei Lepra. — Vom Rete aus gehen Zapfen die sich verästeln in die Tiefe; ebenso geben die Ausführungsgänge der Schweissdrüsen (s. rechts den spiraligen Schlauch) Aeste ab; die Epithelstränge treten unter einander in Verbindung und bilden Netze. Die Cutis ist in ein zellenreiches Gewebe umgewandelt; an mehreren Stellen liegen die Zellen besonders dicht zusammen, zu kugligen Haufen gruppirt. Die Blutgefässe sind in der Figur nicht wiedergegeben. 30 . 1.

Fig. 5. Ausführungsgang einer Schweissdrüse mit Seitenästen, bei Lepra. 270 : 1.

Fig. 6. Wucherung der Gallengänge bei der gewöhnlichen, atrophischen Lebercirrhose. — Innerhalb des neugebildeten interacinösen Bindegewebes gehen von einem interlobulären Gallengange Seitenzweige ab, die sich verästeln und zu einem weitmaschigen Netzwerk zusammentreten; sie tragen ein etwa cubisches, kleinzelliges Epithel, und lassen meist ein deutliches Lumen erkennen. In das Bindegewebe infiltrirt sind reichliche kleine Rundzellen, die in der Zeichnung nicht wiedergegeben sind. 50 : 1.

Fig. 7. Drüsige Wucherungen in der Nähe eines Gallenganges von circa 1 mmtr. diam., innerhalb eines kleinen Gummiknotens der Leber. — Auch hier sind die infiltrirten Rundzellen weggelassen worden.

Die Epithelzellen sind hoch cylindrisch, im Lumen der Gänge eine homogene Substanz. 270 : 1.

Die künstlerische Ausführung der Zeichnungen verdanke ich den Herren Dr. E. Killian und J. Wittmaack.

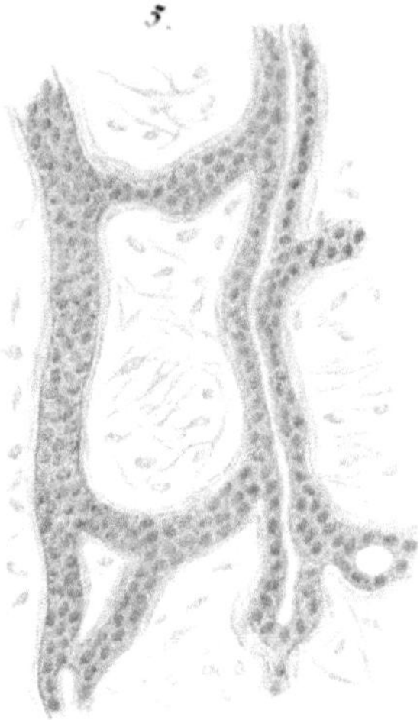

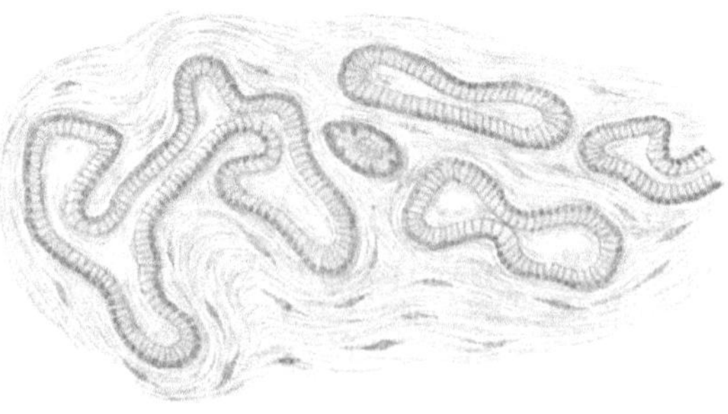